どうしてあんな女に私が

花房観音

幻冬舎文庫

目次

序　章　さくら　7
第一章　桜川詩子　四十二歳　官能作家　11
第二章　島村由布子　三十九歳　人材派遣会社経営　60
第三章　佳田里美　四十二歳　パートタイマー　113
第四章　高坂愛里香　五十三歳　家事手伝い　161
第五章　佐藤佳代子　六十七歳　主婦　180
第六章　木戸アミ　三十六歳　フリーライター　208
終　章　さくら　269
解説　鈴木涼美　301

どうしてあんな女に私が

序章　さくら

あの人は僕の女神でした。

心が美しく純粋で、とても崇高な存在です。

僕はあの人の柔らかな身体に包まれ、あの人の重みを肌で感じ、あの人の甘い声で自分の名前を囁かれると、とても幸せでした。

生きることに疲れた僕の安らぎは、あの人だけでした。

あの人と一緒にいる時間はまさに癒やしのひとときでした。

たとえあの人が、他の男と寝ていて僕だけのものではなくても、僕と一緒にいるときは自分のものになってくれるから、いいのです。

あんな素晴らしい存在をひとりの人間が独占できるはずなどないのですから。

あの人は僕の全てを受け入れ、僕の存在を全て肯定して許してくれます。

そんな人は他にいません。今まで知り合った女性、いや、自分の親でも、こんなにも愛情を注ぎ込んでくれる人はいませんでした。

あの人と抱き合っているとき、僕は自分が女性を抱いているのではなくて、自分が抱かれているという感触がありました。幸せでした、泣きたいぐらい幸せでした。

あの人は全身がふくよかで柔らかく、まるで甘いお菓子のようでした。あの人は服を自ら脱ぎ、明るい部屋で、僕の前に立ちます。

堂々と、何の躊躇《ためら》いもなく、その豊満な美を見せつけます。

大きな乳房はタプンと垂れ下がり、熟れきった南国の果実のようです。

二段になったお腹の肉は白くて肉割れが目立ちますし、その下の陰毛はまったく処理されておらず生い繁っています。陰毛だけじゃない、あの人は、自然体、ありのままがいいと言って、腋の下も腕も脚も毛を生やしていました。まったく嫌じゃなかった。まるで子どものようではありませんか、無防備で。

隙の無い、全身手入れしまくった作り物の女の人よりも、絶対にいい。

髪の毛も陰毛と同じく、ごわごわと量が多くて、ベッドに寝転がると汗と共に身体に纏わりつくことがありました。

重みのある瞼《まぶた》に押し潰されたあの人の瞳は、いつも僕を見てくれます。毛を処理していないせいでしょうか、あの人と身体を重ねると、ほのかに酸っぱい体臭がしますが、それすらも甘い香りだと吸い込まずにはいられません。

僕はあの人の身体に自分の身体を沈めます。肉に包み込まれるようでした。まるで母親に抱かれている、生まれたばかりの赤ん坊のように安心感がありました。

僕はあの人の全身に口をつけます。あの人の柔らかさを味わいたくて。

あの人は躊躇いなく声をあげ、僕の性器や性技を褒めちぎってくれる。

そうです、あの人は、いつだって僕を否定しない。褒めてくれる。最高だと絶賛してくれる。あなたほど素敵な男性はいないと称えてくれる。

他の女たちが嗤《わら》って馬鹿にする僕の性器も、あの人がどれだけ愛おしんでくれるか。

そうしてあの人は、「あなたをそのまま感じたい」と言ってくれるので、僕は何もつけずに性器を挿入します。

あの人の肉の温かさ、潤いが、そのまま纏わりついてくる心地よさは、天国です。

あなたはすごい、あなたが一番、誰よりもいい――あの人がそうやって言ってくれるのが、どれだけ僕に自信を与えたか。

あの人は僕を求めてくれる、否定せずに。

こんな僕でも、生きていていいんだと。

あの人とセックスするときは、僕が抱いているのではなく、抱かれていたのです。

その幸福は、何ものにも代えがたい。

あの人は人間じゃない、天使かもしれない女神なのかもしれない。

だからあの人になら、全てを与えることができたのです。それが僕の喜びだったのです。

奪うよりも、与える——それこそまさに、愛ではないですか。

僕はあの人を愛していました。

それはあの人が、僕を愛してくれたからに他ならないのです。

あの人と出会ったことを後悔などしていません。

たとえこれから先、どんなことが僕の身に起こったとしても。

あの人となら地獄に落ちてもいい。もしもあの人が天使ではなく地獄から遣わされた鬼だったとしてもかまわない。

「さくら」さん、あなたに出会えてよかった——。

第一章　桜川詩子　四十二歳　官能作家

東京は居心地が悪いと、高いビルの狭間に見える空を眺める度に思う。

故郷である関西の田舎町から大学進学のために十八歳のときに上京し、それからずっと住んでいるのに、未だにこの街は自分を受け入れてくれていないという思いが拭えない。

そのくせ私は東京から動かないし、離れない。仕事があるから、他に住みたい場所もない、離れる理由がないからなどと、様々な理由をこじつけて、東京に居続けている。気がつけば、もう人生において、故郷よりも長く住んでいるのだ。

そのくせ東京の人間になれないままでいる。

いつだって私はそうだ。どこにいても居心地が悪い。田舎のじめじめした空気が嫌で、息苦しさに耐えきれなくて故郷を離れ、東京の外れの三流私大の学生だったときも、周囲に馴染めず友人や彼氏もできずに悶々と自意識だけを膨らませて過ごした。そのあと就職した会社でもそうだったし、二十代、三十代、様々な仕事に就いていろんな人と知り合ったけれど、どこでも私は居心地が悪かった。どこに行っても「お前のいる場所じゃない」と頭の中で声がした。

けれどそんな私の居心地の悪さに気づいていた人はいなかったはずだ。私は自分という存在を目立たせないよう、陰鬱で残酷なものを見せないように我を殺し、どこでも適当に愛想よく、そこそこ仕事を頑張って、めんどくさい人間関係から上手く逃げてやってきた。そうしたほうが平穏に生きられるからだ。どこでも上手くやっていくコツは、本音を言わないことだ。

けれど居心地の悪さは私に息苦しさをもたらす。時おり、耐えがたい、大声で叫びたい、全てのものを破壊したい衝動にかられるほどの息苦しさが、殺意に近い破壊衝動をもたらす。人々が貼り付けている社会という仮面を剝いで血を流させてやりたい、刃物を持ってわめき倒して狂ったように人混みの中で叫びたい——そんな衝動に時おりかられた。

だから私は一か所に落ち着くことができなかったのかもしれない。大学だって中退したし、仕事も転々とした。どこででも上手くやっているつもりなのに、居心地の悪さにじっとしていられなかった。

そうやって本音を押し殺し、嘘で身を守り、いい人のふりをして生きてきた私がようやく見つけた「天職」が小説家だった。

小説なんて、嘘だもの。

けれど嘘だからこそ、本音が書ける。

小説の中ならどんなひどいことだってできるし、憎い人間を殺すこともできる。

小説なら、何だってできる。

人と接するのも本当は苦手だった。なるべくこそこそと姿を隠して生きていきたかった。容姿にも自信がないし、人付き合いも気を使って疲れるから、文章を書いてひっそりと生きていければいい。

そのつもりだったのに、思いがけず「官能作家」となったことから、予想もつかないほどに「他人の目」にさらされ攻撃を受け、自らの姿と対峙しなければいけなくなった。

「官能作家さんて、こういうふうに取材で顔を出す人って、あまりいないんですよ」

スポーツ新聞の取材が終わり、記者にそう言われて、私は意味がわからなかった。

そのときまで、自分の中にまったくそういう意識がなかったからだ。

小説家になる前もなったあとも、顔も経歴も隠そうと思ったことはなかった。隠したりごまかしたりする必要があると考えたこともないし、「作家」と呼ばれる人たちは皆ほとんど、当たり前に顔も経歴も公にしているから、自分がそうなったときも当然だと思っていた。

取材を終えて編集者と別れ、マンションに向かって歩きながら、記者に言われた言葉の意味を反芻《はんすう》した。

そうか、「官能作家」だから、家族や仕事の関係者に隠さないといけないのか。内緒にしている人たちも多いんだろうな――と。エロの仕事は公言してない人もいるから、顔を出さないのか、と解釈した。

私はそのとき、四十歳前でデビューしたばかりの官能作家だった。

とはいえ、その肩書の居心地が悪かったのは、まさか自分自身に「官能」という冠がつくとは夢にも思わなかったからだ。

大学を中退してから様々な職を経て、数年前からは派遣の添乗員をしていた。不安定な仕事でもあるし、三十代後半になって切羽詰まり、以前からの目標でもあった小説家になろうとして公募新人賞に応募した。

とにかく小説家になりたかった。SFやライトノベルなど、自分が「書けない」ジャンル以外のあらゆる賞に応募した。純文学や怪談、ホラー、青春小説……そのうちのひとつ、ある有名な作家の名前を冠にした文学賞に応募して大賞を取り、本も出すことができた。

その有名な作家の本はほとんど読んでいた。大好きな作家だった。一時期はポルノ映画にも関わっていて、官能と呼ばれるジャンルの作品もたくさん書いている人ではあったけれども、それだけではなくて晩年に書かれた、官能ではない、エンターテイメント小説やエッセイも大好きだった。性がテーマではあるけれど、そこに揺り動かされる人間たちの愚かさやおかしみや悲しみを描いた小説に、何度も心を打たれた。

私は大ファンであるその作家の名前を冠にした賞に応募した。官能小説の賞であるからと、生まれて初めて官能小説を書いた。セックスを細かく描写するのも初めてだ。それまで自分には官能なんてものを描けるとは思ってなかった。なのに、まったく初めて書いたものだったのに賞を取ってしまった。

そうして、私はある日いきなり「官能作家」と呼ばれるようになった。

そう呼ばれることに抵抗が無かったといえば嘘になるが、それよりも大好きな作家の名前の冠のついた賞で小説家になり本を出せたことが嬉しかった。

年齢的にもあとがないから、しがみつきたかった。デビューして一冊本を出して、それで生き残れるほど甘い世界ではないのは知っていたから必死だった。大手の出版社の有名な文学賞でもないから、後ろ盾はない。誰にも頼らずひとりで何とかしなければいけなかった。まず私の名前を知ってもらわないと、仕事の依頼など来るわけがないのだから。

そのためには何でもする――あのころはそう思って、宣伝になるならとどんな媒体でも取材を受けたし、聞かれるなら何でも正直にしゃべった。

そのスポーツ新聞の取材も、「官能小説」の処女作の宣伝活動の一環だった。聞かれるがままに、過去の男性経験の話もした。それはデビューする前にブログに書いていたことだから今さら隠すことでもない。

二十四歳の遅い初体験、相手が二十二歳上の男であること。自分は一生男に相手にされないという劣等感と肥大した自意識を持っていたがゆえ、自分に関心を持ったその男にセックスしてもらうため要求されるがままにサラ金に足を運び、六十万払って処女を喪失したこと。その後も、男をつなぎとめるために、セックスのために何度もサラ金で借金を重ね、若いころは返済のために借金地獄だったこと。傲慢で支配的で自分の性器に異常に自信を持つその男が、金のために石膏《せっこう》で自分の性器を模《かたど》ったものを、三十万で私に販売させようとしたこと。

その次の男にSMじみた行為を要求され、好かれるために何でも応えたこと。白昼の公園の木の陰で男のものをくわえさせられたり、精液のついたティッシュを送られてきたこともあった。とにかく、男に要求されることには何でも応えた。そうするしか、すべを知らなかった。男に嫌われない、すべを。

自意識過剰で自己評価が低くて、自分を相手にしてくれるのはこの人しかいないとへりくだり、ロクでもない男たちに好かれるために私は金も渡したし、言われるがままに何だってやった。恥ずかしい、みっともない経験かもしれない。そこまでするなんて狂っている、頭おかしいと言われたこともあるし自分でもそう思う。けれどそのときの自分にできることはそれしかなかったのだ。

二十代のときは男に何もかもお前が悪いのだと責められ続け、何か言葉を発する度に否定され続けたおかげで声も出なくなり、借金は嵩み、生活は困窮し、友人も無くした中で、私は毎日、死にたい死にたいと願いながら刃物を眺めていた。

けれど結局死にきれず、その後もずっと自分を責め続けていた。

小説家になる前、それらの体験は全てブログに書いていた。書くことで客観的になり、罪悪感が薄れ、自分を責める気持ちが軽くなり、精神的にとても楽になり救われたのだ。

本の宣伝のため、作家として生き残るため、望まれるならば何でもしよう、求められるなら、そんな自分の体験を話そう――それは、宣伝してくれる媒体への誠意のつもりだった。

「官能作家さんて、こういうふうに取材で顔を出す人って、あまりいないんですよ」

取材のときの記者の言葉は、私が最初に思っていたのと違う意味を孕《はら》んでいたのだと気づいたのは、その記事が出たあとだった。

「女流官能作家、変態性癖を告白！」

記事の出たスポーツ新聞を送られて見出しと写真を見たときに、ため息をついた。

煽情的な見出しの記事は、本の内容よりも私の過去の男性経験に重きを置いてある。それに「変態性癖を告白」などしたつもりもなかった。私は自分を変態だとはまったく思っていない。ただ、そういう少し変わった性的嗜好のある男を好きになり、好かれるために応えたことがある――それはちゃんと言ったはずなのに。どうしてそこが一番クローズアップされてしまうのか。

劣等感が強く自己評価が低くて男に相手にされなかったから、男の望みに全て応えるしか男をつなぎとめる手段を知らなかったのだという「理由」など書かれていない記事。これだけ読んだら私は頭のおかしい変態女と思われて共感などされないのは予想がつく。

記事は私がしゃべったものとまったく違うニュアンスのものになっていたが、それはもう仕方ない。性的な経験が面白おかしく取り上げられるのは覚悟していたはずだった。

私自身、もともとゴシップ誌などが好きだし、特にこういう男性向けの媒体が過剰に煽情的に女性を扱うというのは承知の上だ。性的な記事の多い、男性向けの媒体だと知っていて取材を受けたのは私自身の責任だから、こういう記事になっても文句は言えない。

写真も、何枚も撮られたはずなのに、わざとかと疑いたくなるようなひどい写りのものが使われていた。いや、もともと見栄《みば》えはよくないので、他の写真ももしかしたら同じようなものかもしれないけれど、それまで取材を受けた媒体の中で、一番よくないものだった。

ブス、デブ、ババア、変態――おそらくこの写真を見た者たちは、私に対してそう思うだろう。客観的に見て、それは明らかだ。どう読んでも、好感よりも嫌悪を抱かせる記事だ。

私がそう思ったのは、自虐ではなく、客観性だ。

けれど、スポーツ新聞なんて毎日発行されるものだから、明日には次の号が出てすぐに忘れられるし、読んでいるのも一部の人たちだけだ――その考えが甘かったことは一週間後に思い知る。


その記事が出た次の週、男の部屋でパソコンを開いた。

半年前に知り合い、すぐに意気投合して付き合いはじめ、結婚もいずれはするつもりの相手だった。

彼と知り合う前に付き合った男たちは、全て結婚できない、親にも友人にも紹介できないような男ばかりだった。つまりは妻がいるとか、他に女がいて自分は本命ではないとか、そんな男しか私は好きにならなかった。

デビューしたてのころは仕事もなく暇だったので、婚約者の男の家に入り浸っていた。何をするでもなく、男のために料理を作るか本を読むかネットで遊ぶかの日々だった。

本を出したところで誰にも注目されないけれど、それでも世界の中で誰かひとりでも私の本を気にかけてくれるなら——そんな願いを込めてインターネットで自分の名前を検索する作家は少なくないはずだ。

けれどそこですぐに気づいてしまう。

ネットという匿名が氾濫する世界にあるのは、称賛よりも誹謗中傷であることを。

私はいつものように「桜川詩子」という自分のペンネームを打ち込む。このペンネームは自分でも気恥ずかしくもあったし、新人賞の選考会でも「地味な本名とペンネームにギャップがある」などと選考委員に言われていたらしい。地味で冴えない女だからこそ、多くの人に気に留めてもらおうと華やかな名前をつけたのだ。

名前を打ち込みエンターキーを押す。正直、無名の作家なので新しい情報が出る期待などしていなかった。

なのに、その日は私の名前が載せられた記事が、画面に並んだ。

何これ——一瞬、首をかしげたがすぐに気づいた。

「女流官能作家、変態性癖を告白！」というタイトルの記事は、一週間前にスポーツ新聞に掲載された見出しだ。そうか、今は、新聞に載るだけではなく、こうしてネットのニュースに転載されるのだと初めて気がついた。取材された時点ではそのような説明もなく、何日に本紙に載りますとだけしか聞いていなかったので、まったく予想はしていなかった。

そしてネットにばらまかれた私の記事は、匿名の掲示板の「痛いニュース」に取り上げられ、そこから数々のブログにさらに引用されたものだった。

「げぇえええええええ気持ち悪ぃ」

「こんなブスデブが官能小説とか頼むから死ね」

「このブスとセックスした男がいることに驚きだわ」

「気分が悪くなった。変態性癖とか聞きたくねぇ」

「誰がこんなデブスの書いた官能小説とか買うんだよ」

「『女流官能作家』って見出し見て記事読んでがっかりして吐き気がした」

「ブスはセックスとかいうな。お前の性癖なんて聞きたくない」

「チェンジだ！」

「死ね！　見苦しい！　この世から消えろ！」

「そりゃあこれだけ不細工だったら、金払わないと男とはセックスしてもらえないわな」

「こういうブスがセックスとか語るの法律で禁止するべき」

「相手してくれる男がいるだけで奇跡だ」

「気持ち悪い、吐く。死ね、ブス豚」

そこには私の容姿を罵倒する言葉が、ひたすら並んでいた。

死ねと、何度も書き連ねてあった。

見知らぬはずの人間である私に向けて、憎悪がみなぎっていた。

「あーあ」

いきなり目の当たりにした、自分に対する「死ね」という文字を見て驚きながらも、冷静ではあった。

確かにあの写真と記事では、ネットで常に標的を探している人間たちの餌食になってもおかしくない。しかし実際に、こうして世界中に自分の容姿を罵倒される言葉が配信されるのを見ると、他人事《ひとごと》のようだった。

それにしても、どうしてこの人たちは、有名でもない私にこんなに関心を持ち、憎悪を湧き立たせるのだろう。会ったことのない人間に「死ね」なんて言葉を吐く、その動機は何であろうか。

「ねぇ」

彼はそう言って、自分の机に戻った。

そうは言っても、一度見はじめたら止まらない。

私の写真を引き伸ばしたり加工して「痩せてもこいつはブスだよ」と遊んでいる投稿も見かけた。いったい何人の人間が書き込んでいるのかわからない。少人数で張り付いているような気もする。

どちらにせよ、私の容姿への罵倒は延々と続き、拡散され、世界中に配信されていく。

腰の低い、丁寧で愛想のいい記者の顔が浮かんだ。まさかこんな「変態性癖を告白」だなんて書く人には見えなかった。記事を書いた人間も、発信した媒体も私に対して罪悪感など抱かないのだろう。たとえ私がもっと繊細な人間で、この誹謗中傷がきっかけで病んだり自殺したとしても誰の胸も痛まない。

取材を受けたことを後悔はしないけど、残念だったのは、この記事では本の宣伝になどまったくならないではないか。むしろマイナスだ。仕事を休んで、交通費なども自腹でこうして取材を受けるのは、お金のない私にとってはそれなりに負担だったのに。結局、宣伝どころか世界中に憎悪の種をばらまいただけなのだ。

同じような出来事、つまり悪意や憎悪を掻き立てる記事にされたことはその後も何度かあった。あとあと気づいたのは、こういう記事はできるだけ煽情的で、写真はひどいものを使ったほうがいい。こうして匿名掲示板で話題になり、広告費目当てのあちこちのブログに引用されたほうが拡散されて読者が増え、元の記事そのものへのアクセス数も増えるという仕組みだ。

　そのスポーツ新聞の記者は、叩かれるためにわざとその記事や写真を掲載したのだろう。のちに同じ新聞で、友人の作家がまったく嘘の経歴を書かれたこともあった。ネットの噂だけで、いっさい取材などせず書かれるのだと知った。私の思っていたジャーナリズムや報道とは違う、人を貶《おとし》め嘘を拡散するだけの媒体がたくさん存在するのだ。

　男は「気にするな」と言ったけど、この件がきっかけで、私は自分の容姿についての様々な過去の出来事を思い出さざるをえなかった。

　あるパーティで著名な純文学の作家に挨拶されたときに、「本人に会ってがっかりした」と薄笑いしながら言われたことを。

　私が官能小説の賞を受賞したと聞いた派遣添乗員の先輩に「あんたにそんな経験なんかないだろうから、妄想で書いてるんでしょ？」と楽しそうにみんなの前で言い放たれたことを。

　同じく派遣添乗員の後輩が、私のいないところで「あの人、セックスがどうとかオナニーがどうとか書いてるんですよぉ～」と、嘲笑のニュアンスを込めて仕事関係者に吹聴《ふいちょう》しているというのを聞いたことを。

直接私と会ったことのない人間も、関わりのあった人間も、不美人である私が性をあからさまに描くことを嘲笑しているのだ。

記憶はどんどんとさかのぼる。学生時代、一度だけ行った合コンで、「男に縁がないからこういうところ来たの？」とその日に会ったばかりの男に言われたことや、派遣添乗員の仕事でバスの運転手に「お前みたいなんより、若くて可愛い女の子と仕事したいわ」と言われたこと。

そんな経験は数えきれない。可愛くて華奢な友人と飲みに行って声をかけられると、いつも露骨に「お前なんかいらない。ブスは帰れ」という態度をとられた。

昔から不思議だった。

男は、どうして自分の容姿を棚に上げて、女の容姿をそこまで断罪して、そのまま口にするのだろうと。子どもから老人まで、女の容姿に関しては思ったことは何でも言って許されると思っている男たちが多過ぎる。いつも思うのだが、もし自分の妻や娘が見知らぬ男たちに汚い言葉を投げつけられても平気なのだろうか。

容姿について言われて嫌な思いをしたことのない女などほとんどいないだろう。よほど鈍感か絶世の美女でもない限り、女は大なり小なり傷ついた経験を持っている。だから女は自分の容姿が差別されていることに敏感だ。

何を思うのも自由だが、あえて自分が嫌われる、評価を下げる、相手を傷つける言葉をどうしてあんなにも男は口にしたがるのか。しかも、嬉しそうに。

パーティで「本人に会ってがっかりした」と著名な作家に言われたときに、私はこんな名の知れた、メディアで政治や社会に関して意見を並べ、大学で指導をしているような人が、新人作家にわざわざ「お前の容姿に失望した」と伝える無神経さと想像力の無さに驚いた。

きっと「思ったことを正直に口にしただけ」なのだろうが、それにしても配慮が無さ過ぎる。がっかりしたのはこっちのほうだと、言ってやりたかった。どんなに立派で社会的な発言をされていても、人間としてはクズなんですね、女の作家にまず期待されるのは容姿なんですね、と。

そして、取材されたときに記者に言われた「官能作家さんて、こういうふうに取材で顔を出す人って、あまりいないんですよ」という言葉の本当の意味に、やっと気づいた。

スポーツ新聞や男性週刊誌などに載る官能小説と呼ばれるもの、書店の隅っこにひっそりと置かれるわかりやすくいかがわしい表紙の官能小説は、男を勃起させるためのものだ。勃起させるために、幻想を提供するのだ。男が好きな、男が悦ぶ、男に都合がいい、男のファンタジーを。

わかっていたつもりだった。アダルトビデオもそうだ。勃起させるためのポルノはファンタジーだ。それは男性だけではなく、女性向けのレディースコミックなども同じだ。

生々しい現実など見せつけたら、男は萎える。だからファンタジーを提供する。

官能作家で表に出ない人が多いというのは、作家自身が表に出ることにより、そのファンタジーを壊すのを避けるためでもあったのだ。

知人の男性には「男が書いた官能小説なんて読まない。その作家の写真を見て、こんなおっさんが書いてるのかと思うと勃起しない」という人もいた。

ある男性作家には「女の官能はさ、本の内容じゃなくて著者に欲情するもんでしょ。小説書くのが上手なブスより、下手な美人のほうが読者は悦ぶよ。どうせ小説なんて誰もちゃんと読んでないんだからさ」と哀れみの表情で言われた。

何も考えず、顔も過去もさらした私は男たちの「官能」のファンタジーを破壊してしまったのだ。どうやらそれはこの世界では罪らしい。だから誹謗中傷という罰を受けなければいけない。

もし女の「官能作家」自身が自分をさらすとしたら、それは多くの男のファンタジーに添えるような存在でないといけない。つまり、その作家自身が「男を悦ばせる」存在じゃないと。私の容姿や言動では、到底そこにいたらなかった。私のような醜い女は顔を出して「官能作家」と名乗るべきではなかった。醜い女がセックスを描いてはいけないのだ。

「ねぇ」

私はパソコンに向かう男に声をかけた。

「ん？」

「こうしてネットに私の悪口書いてる連中さぁ、私が死んだら喜ぶかな」

「――少なくとも罪悪感なんて持たないだろうね。喜ぶかどうかはわからないけど。とにかく人を叩いて優越感を抱きたい、そのためのターゲットを探してネットに張り付いてるやつらだから、何とも思わないよ」

「そうよね」

死んでたまるか、消えてたまるか――そう思った。

私が死んだり、小説の世界から消えて喜ぶ人間がひとりでもいるならば、私は意地でもそこに居座り続けてやる。

私は私を嫌いな人間に「私」を見せつけるために、生きてやる。

「ブスじゃないよ」

男は立ち上がって、私のそばに来て、頭に手を置いた。

「俺は綺麗だと思ってるけど」

「綺麗ではないよ。そう思うあなたがおかしい」

「なんでそんなに自己評価が低いの」

男が悲しそうな表情を浮かべ、私は口にしたことを後悔する。

自己評価が低い――それは今まで、何度も言われてきた。

私が私という人間を認められないこと、自信を持てないこと。それは今までの人生でのいろんな出来事により形成された人格だからと、自分自身では諦めを抱きながら生きているが、それを口にすると私を好きだと言ってくれる人を傷つけてしまうのは、何度も経験した。

確かに私は決して綺麗ではないけれど、あそこまで罵倒されるほどひどくはないはずだ。少なくとも、見知らぬ人間に「死ね」と言われるほどには。

けれど私の容姿に「官能」のファンタジーを壊された人たちがいるのは確かなのだ。

美人で、しかも男を悦ばす、男のファンタジーに添う発言や行動を行える者だけが、「彼ら」の御めがねにかなうのだ。私は失格だった。「桜川詩子」は官能作家になってはいけなかったのだ。

「こんな女とやる男がいるなんて信じられない」

これに似た台詞は、かなり昔だが直接男に言われたこともある。

ただ、こんな私でも絶えず男がいる。私と寝る男、寝たい男も、いることはいる。

私は窓ガラスに映る自分の姿を眺めた。ブスでデブでババアだと自分でも思うけれど、これでもお金も時間もなかった昔よりはだいぶマシになった。数年前から化粧も勉強したし、美容院にも月一回は通うようになった。一応は「女」に見える。

　私はその頃、ネットで自分の悪口を見るのをどうしても止められなかった。

「世間」が私の容姿、そして「女流官能作家」という立場をどう見ているのか、知りたい気持ちが止められなかった。

「あいつみたいじゃやねぇか？　あの春海さくら。デブスのくせにセックス自慢して、男から金とったやつ」

「キモい！　確かに春海さくらもドブスで豚で性欲強い！」

「春海さくらにしても、こんな女でも男とセックスしてるなんて世の中おかしい！　なんで私に男いないんだ！」

「私のほうがこんな女たちよりだいぶマシなのに処女だよ！」

　春海さくら。

　私はその名前が自分の容姿をあげつらうために登場したのを目にした瞬間、「あれよりはマシだ！」と口にしそうになった。そんなふうに自分が思っていたことに、そのとき初めて気づいた。

　春海さくらは、一年前に世間の話題をさらった連続殺人事件の容疑者だ。婚活サイトで出会った複数の男たちから金をせしめ、その男たちが不審死を次々に遂げていった。

春海さくらが逮捕されて人々が騒いだのは、その容姿だった。おそらく一〇〇キロ以上はあるであろう体軀、肉に押し潰された目、化粧気がなく愛嬌のない顔、長くて量の多そうな髪の毛――複数の男の心と金を奪う「悪女」のイメージとかけ離れ過ぎていたのだ。

また春海さくらが、三十代後半の今までほとんど働いたことがなく、常にデートクラブなどで出会った男から「女神」と称えられ貢がれた金で高級マンションに住み、真っ赤なBMWに乗り、高級レストランで食事をして、豪奢な生活をしていたことなどが報道されるにつれ、人々は彼女の存在に釘づけになった。

男たちも女たちも春海さくらへの関心の動機は同じだ。

なんであんな女が、そんなに男の気を惹けて、貢がれるのか――。

ネットや雑誌には、「どうしたらモテるのか」「好かれるためには何をすればいいのか」という記事が連日溢れているし、書店の「女性向け実用エッセイ」コーナーにも、『男を惹きつける100のメソッド』などといったタイトルの本が常に並んでいる。

書かれていることは大抵同じだ。無難な格好をして好感度をあげて、メールの返事はあえて寝かせ、ダイエットをして美しくなり、男性に気を使う――。

それがどうだ、春海さくらは、世の中の「モテる」女の対極にいると言っていい。

ネットや週刊誌やスポーツ新聞でも、犯罪そのものよりも、春海さくらの容姿への罵声に近い記事が一年前は連日並んでいた。

もちろん、その容姿への悪口は、春海さくらに関心を持つ全ての人の声だ。

私も、最初に春海さくらの写真を見て驚いたけれど、「こういう人、いるよな」ぐらいにしか正直思わなかった。

美人でも男性の気を惹きつけることができない人や、ブスでデブで、年をとっていても男に絶えず好かれている人など、何人も知っている。

春海さくら自身に対して何らかの感情を抱いていたつもりはなかった。けれど、こうして私自身の容姿が、ネットの中で春海さくらと並べてあげつらわれているのを見て「こいつよりはマシだ」と思ったではないか。優越感を得ようとした。

私はようやくパソコンの前を離れた。私のような醜い容姿の女がこれから性を描く度に不愉快になる人たちがいて、憎悪と嫌悪を抱かれるのだと、その憎悪の波に抗いながら書き続けていかないといけないのかと考えていた。「死ね」と罵倒されながら。

「女流官能作家」——いつか、この肩書から離れて、ただの「作家」となれば、男を欲情させないといけないという足枷は取れるのだろうか。

もともと私は望んで「官能作家」になったわけではない。男を憎んで、男の幻想などぶち壊してやりたいぐらいに思っている私は、最初から「官能作家」失格ではないか。

＊　＊　＊

「春海さくらの本、書きませんか」

知り合いのフリーランスのライターで編集者でもある木戸アミがそう口にしたのは、数か月ぶりに会って池袋の百貨店の中にある中華料理屋で一緒に昼食を取っているときだった。

私は大学に通うのが便利だという理由で、十八歳のときに池袋の小さなアパートに住んでから、だいたいその周辺をうろうろしてきた。そして結婚を機に、夫になった人の住んでいる高円寺に移り住んだ。だから池袋は馴染みはあったが、わざわざアミが指定したのは何か意味があるのだろう。

小説家になって二年少し経ち、私は四十二歳になっていた。

そこそこ仕事をもらえるようにもなって原稿料と印税で生活ができるようにはなっていた。稼いでいるというほどではないが、贅沢さえしなければ暮らしてはいける。

デビューして二作目となる女性向けの一般文芸の性愛小説が思いのほか売れたことで、官能小説以外にホラーや時代小説など他のジャンルの小説も文芸誌で書かせてもらえるようになっていた。ただ、デビューが官能小説であるがゆえに、未だ「官能作家」と冠されるほうが多かった。

木戸アミとは処女作が出たころからの付き合いだ。授賞式で名刺交換をし、女性向けの月刊誌でインタビューをしてもらったのがきっかけだった。

それからは本が出る度に感想をくれて、何度か食事も一緒にしていた。

木戸アミは三十六歳で、四十二歳になった私より六つ下だ。最初に会ったとき、アミは身体の線が出るワンピースを身に着けていて、清潔感のあるショートカットは尖った顎と大きな瞳の顔によく似合っていた。スレンダーな美人だと思ったし、いかにも都会で華やかな仕事をしている女で、自分とは正反対だという印象を受けて少し気後れした。

けれど話すと感じのいい女だった。傲慢なところもなく、丁寧で、すぐに私の警戒心はほぐれた。馴れ馴れしくなく、人当たりがよくて、つまり他人との距離の取り方が上手い女なのだ。

アミの名前はネットのあちこちで見かける。主に恋愛やセックス、女性の生き方、スピリチュアル、ダイエットについての記事だ。

ただ、本人にはもちろん言えないが、私は彼女の手がけた記事のほとんどをつまらないと思っていた。内容が想定の範囲内で、ありきたりで無難だ。けれど、最近はそのような記事のほうが需要があるというのも知っていた。

今のご時世「需要がある」記事とは、いかに「共感」を得るかなのだ。文章力や好奇心や表現力、そして新しいものを発見するよりも、「無難で嫌われない」内容のものを書く人間のほうが仕事は多いのだろう。きっとアミはそのように時代に添うことが上手なのだ。

私からすればアミは都内の有名私立大学を出ていて、出版社に入社し、そこから編集プロダクション、フリーランスとして独立。出版業界のメインストリームを歩いている「エリート」の女だ。私のように田舎から出てきた、大学も中退して、工場や派遣仕事を転々としてきた女とは種類が違う。

それにアミは美しい。突出したレベルの美人ではないが、自分が男ならどこに連れて歩いても恥ずかしくないだろう。服装は華美ではなく、分相応で嫌みがない程度におしゃれだ。酒も適度に飲み、しゃれたバーも知っている。

つまりアミは彼女の書いている記事と同じく、無難で人に好かれる女だった。

そんなアミが、久々に食事でもしませんかと声をかけてきて、指定されたのが池袋の店だった。中華料理だが、カフェのようなつくりで清潔感があり、女性客が多い。

「おすすめは海鮮焼きそばなんです。野菜もたっぷりでヘルシーですよ」

アミがそう言うので、海鮮焼きそばのセットをふたりとも注文した。焼きそばに野菜スープ、焼売がふたつ、小さなサラダと食後のジャスミンティー付きだ。アミは仕事柄なのか、こういうおしゃれで手ごろな値段の店をよく知っている。

春海さくらの名前をアミが口にしたのは、ふたり同時にスープを一口飲んだ直後だった。

「春海さくら？」

「はい。もちろんご存じですよね」

「そりゃあ、あれだけ世間を騒がしたから……確か、判決は出たんだっけ」

「死刑判決が出ました。本人は殺人そのものを否定して控訴しましたけど。発言を聞いててもまったく罪悪感がないですしね」

アミはそう言いながら、海鮮焼きそばに箸をつける。

右手の薬指の小さなルビーの指輪は、自分で買ったものだと聞いていた。爪にはきっちりとサーモンピンクのネイルが塗られている。

指が白くて細いのが、羨ましい。私の指は太くて、去年、結婚したときにもらった指輪を注文するときに密かに恥ずかしかった。何となく、結婚指輪をつけるのは見せびらかしているようなイメージがあって普段はつけていない。指輪をじろじろ見てあからさまに「どこのブランドですか？」と聞いてくる女もいるので、それに答えるのも面倒だった。

「春海さくらか……」

私の脳裏に、あの匿名掲示板で春海さくらの容姿と並べられた一件が蘇ってきた。あれから二年になるのだ。

「でも、春海さくらについて書くなら、どうしてアミさん自身がやらないの？」

アミはライターだし、最近は別のペンネームで電子書籍で若い女性向けの官能小説も手がけている。

「私には書けません。そこまでの力がないのは自覚してます。でも桜川さんなら、書けるんじゃないかと思うんですよ」

「でも――」

私は箸を止めて考え込んだ。仕事は断りたくないし、世間が一時期あれだけ注目した春海さくらのことを書くのは話題になるのでは、という打算も働いた。

「それって、フィクション？　ノンフィクション？」

「ノンフィクションです。フィクションだと、本人の存在に負けてしまう気がするんですよ」

「でも、ノンフィクションもたくさん出てるよね」

著名なライターやジャーナリストたちの書いた春海さくらについての本は数冊出ていて、それなりに話題になっていたし、私も何冊か読んでいる。

「桜川さんにしか書けない視点があると思うんです」

海鮮焼きそばの油がアミの唇を濡らしている。

もともと大きなアミの瞳がさらに開かれて、じっとこちらを見ていて私は少し困惑した。お前を逃がさないぞと言わんばかりの視線で私を見つめている。

アミがこんな目をするのを、初めて見た。

いつも淡々として、何事も無難にやり過ごす印象があったたし、仕事はこなすけれどそこに情熱というものは感じなかったからだ。

そう、アミからはいつも欲望が感じられなかった。本人もよく「私、性欲も薄いし野心もあまりないんですよね」と言っていた。

けれど、今、アミの目は暗く強い光を放っている。

「アミさんて、そんなに春海さくらに興味あったの？」

「記事も貪《むさぼ》り読みましたし、裁判の傍聴にも行きました。春海さくらについて書かれた本も、全て読みました」

意外な気がした。アミのような、世間的に人が羨むものをほとんど持っている女が、どうしてあんな女にそこまで興味を持つのか。

木戸アミが身体を乗り出してくる。

「桜川さん、以前から、『官能作家』って呼ばれたくないって言ってたじゃないですか」

「うん」

小説家になって三年目に入り、そこそこ仕事ももらえ、官能以外の小説も書いて、本も出して、今では「官能小説」という仕事のほうが少ないのに、私のプロフィールには「官能作家」と書かれた。

そもそも「官能小説」というジャンルは曖昧だ。ただ性を描くだけで「官能小説」と言われてしまうこともある。でも、それは私が官能小説の賞出身だからだ。一般の文芸でデビューした作家がどれだけ過激な性を描いても、「官能作家」とは呼ばれない。

官能小説というジャンルを馬鹿にしたり見下しているわけでもないつもりだ。ただ、私は「男を勃起させる」ための小説をこの先書いていきたいわけではないし、私自身がずっと「官能作家」という肩書に違和感を抱き続けているから、居心地が悪くて仕方がない。

それに、「官能作家」が書いたものだからと、私の小説を避ける層もいる。「官能小説」というと、どうしてもスポーツ新聞などに載る男性を対象とした過激なものというイメージを持つ人は、「官能作家」が何を書いても手に取ってくれない。

だから私は「作家」と呼ばれるようになりたいとずっと願って、ひたすら仕事を断らず必死に書き続けてきた。多くの人に読まれるために、そして自分自身が自由になるために。

そうして努力して官能小説以外の仕事のほうが多くなったのに、いつまで経っても私は「官能作家」と呼ばれてしまう。

仕事が増えれば増えるほど、「女流官能作家」という名前に対しての居心地の悪さとジレンマを感じていた。

「官能小説って、やっぱり体験を書いているの？」

お前にそんな経験があるはずないだろうという含みを持たせて、ニヤニヤした表情を浮かべながらその質問をもう何十回されたことだろう。おそらく、そんな質問をされるのはこのジャンルだけだ。誰もミステリー作家に「人を殺したことがあるの？」と、SF作家に「宇宙に行ったことがあるの？」とは聞かない。セックスを女が描くことは、必要以上に好奇心を刺激する。

あのネットの記事を読んで「すごいですねー、今度いろいろエロいこと教えてくださいよ」と馬鹿にしたように笑いながら言ってくる人間は未だに多い。

初対面なのに、答えに困る質問を投げかけられることもしょっちゅうだった。「僕はSM好きなんです」「複数プレイよくするんです」「〇〇って女王様、ご存じですか？」

私にはそんな性癖はないのだと言っても伝わらないのだろう。何しろ「変態性癖を告白」という見出しでニュースに出た「官能作家」なのだから。親しくもないのに、下半身の話を

していいのだと思っている男性がたくさん寄ってくる。

そんな男たちに私は愛想よく答えられなかった。無愛想に「よく知らないので」と言うと、みんなにがっかりした顔をされる。

本当はそこで読者を逃さないように、男たちに好かれるように愛嬌を振りまいて嘘でも話を合わせるべきだったのかもしれない。けれど、どうしても私はそれができなかった。

ある作家志望者の集まりに誘われたときに、「エロい話を期待しています」と言われて、断ったこともあった。なんで初対面の人たちの前で、そんな話を披露しないといけないのかと不愉快になって本気で怒った。自分でも大人げないと思ったが、うんざりしていたのだ。

私はどうしても男の欲望に自分を添わすことができない。嫌悪感が先に来る。

だから私は官能作家たちが集う場所では浮いていたし、自分がその場にいることがいたたまれなかった。だって男の期待に応えられない私は、この場にいることを望まれてなどいないもの。

同時期にデビューした女性の官能作家が、会合で編集者たちに酌をしてまわっていて、「私、水商売やってたんで〜」と愛嬌を振りまくのを違和感を持って眺めていた。ある女性官能作家が男性編集者や男性の作家に「ご飯食べに連れてって」だの、彼氏と上手くいっていないだの、仕事とは関係ない営業のような電話を頻繁にかけていると知ったときや、別の女性官能作家が自分の水着姿の写真を渡している話を聞いたとき、先輩の男性作家を伴って編集者との打ち合わせに現れる話を聞いたとき、小説家ってそうじゃないだろうとうんざりした。

自らのホームページで、露出の多い、明らかに男を欲情させる意図の写真を使い、普段、SNSやインタビューなどでも「エロくていやらしい私」を常に発信し、とにかくメディアに出ようとする女性官能作家たちにはいつも感心する。彼女たちの中には男性作家が主催する飲み会やパーティなどに頻繁に足を運び、いつもその作家の隣にいて笑顔でしなだれかかる写真をアップしている人もいる。知り合いの編集者は、その光景を「キャバクラみたいだよ。女の作家さんたちが我も我もと先輩作家に近づこうとしてとにかく褒めまくるからね」と言っていたが、露出の上手い女に身体を近づけられたらたいていの男は喜ぶ。そもそも、水商売やタレント活動をしていた人たちが官能やエロというジャンルには多い。

彼女たちの執筆以上の営業努力には頭が下がるが、私にはできない。もちろん、そんな人たちばかりではなく、地道に書いている人もいるのは知っているが、目立つのはそういう人たちの姿だ。けれどそれを非難もできない。この本の売れない時代、彼女たちは彼女たちで生き残るために必死なのだから。私の嫌悪感は彼女たちのように上手に「女」を売れないことへの自己嫌悪と嫉妬だというのも大いに自覚している。私もとにかく容姿を磨き、媚の売り方を学ぶべきなのだろうか？

デビューしてから一般の文芸誌で書くこともあり、純文学や他のエンターテイメントの作家たちとも知り合ったが、そこまで「女」を前面に出すのは、官能というジャンルの人たちだけだと思った。

女が女を売りにすること、美貌を武器にすることは悪いことではない。それをわかっているからこそ、そこに乗れない、できない苦しみが常に離れなかった。

賞を取ったときの授賞式で、ある官能の編集者に言われた言葉も忘れられない。

「大御所の○○先生とは仲よくしとけよ。仕事もらえるから、くっついてろよ」

私はそのとき、「小説家ってそんなもんじゃないだろう」と不愉快になった。自分は自分の「筆」で仕事を受ける、媚を売って仕事なんかもらうもんか、と従う気などなかった。

官能作家としてデビューして、様々なうんざりする出来事に遭遇し、ここは私のいる場所じゃない、早く出たいと、この二年ずっと願い続けてきた。

男の欲望に添えない私は「官能作家」として相応《ふさわ》しくない。女を使って男に媚びて仕事をもらうことなんて、できない。何しろ私は、醜い、男に好かれない女なのだから。

けれどそれは自分の原動力だった。だからとにかく仕事を受けて、やっと官能以外の仕事が多くなったのに、世間からしたらいつまでも「官能作家」のままだ。

そうして「官能作家」という冠には、今でも嘲笑がついてまわる。

あんな醜い女が、セックス描いてるんだよ、と。

他の女性官能作家と比べて、私の容姿をこき下ろしているブログも見つけた。今まで何度も「画像検索してがっかりした」と書かれた。書評サイトにまで容姿のことを書かれてしまう。

おそらく口に出さないだけで、周りでもそう思っている人は多いだろう。男性作家の中には、露骨に私だけ他の女性作家と態度を変えてくる人もいた。

容貌のことは表に顔を出す限り、どのジャンルだろうが一生ついてまわるが、男の性的な幻想をはぐくみ勃起させる「官能」から離れないといけない。

官能小説を書きたくないわけではない。官能ではなくても、いつも私の小説のテーマは性がついてまわる。ただ「官能作家」とは呼ばれたくなかった。なのに、どんなに必死に足掻《あが》いても、私はまだそこから逃れられない。

アミにはそんな話もよくしていた。

「ノンフィクション書きましょう。連続殺人事件の容疑者ですよ。初の社会派ノンフィクションに挑戦です。それで本が出て売れたら、誰も桜川さんを『官能作家』とは呼びませんよ」

そんな上手くいくはずがない。だいたい、本が簡単に売れるわけがない——そう思いなががらも木戸アミの提案に私は興味を持った。

「でも、どうして私に」

「私ね、桜川さんの小説って、性描写よりも女の嫉妬が描かれているのが好きなんです」

アミは食後のジャスミンティーの入ったカップを両手で持ってそう言った。

アミは独身のはずだ。二十代のときに妻子持ちと長く付き合って婚期を逃したと言っていた。その男と別れてからなかなか結婚したいと思う相手とは出会えないらしい。

不思議なのだが、アミのように仕事で収入をきちんと得て、容姿も人並み以上でコミュニケーション能力もあり、結婚願望もあるのに独身の三十代の女が、周りにはたくさんいた。私からすれば彼女たちは美しいし、どこに出たって恥ずかしくない女性たちなのに、なぜか結婚にいたらない。

男たちは彼女たちの隙のなさを敬遠してしまうのだろうか、それとも彼女たちの望みが高過ぎるのか。

「女の嫉妬、か」

それはデビュー当初からよく言われていた。

デビュー作も、官能だけど女の嫉妬心がリアルに描けていると褒めてくれた人がいたし、次に出した複数の女たちが登場する小説は、自分ではそこに重点を置いたつもりはないけれど、「嫉妬が描けている」と何人かに言われた。

「桜川さんのおっしゃるように、春海さくらに関してはもう既に幾つもノンフィクションが出ています。でもね。世間があの人に注目する理由って、嫉妬だと思うんですよ」

アミの口調がいつもより熱い。いや、熱いというよりは何かに取り憑かれているような
——一歩も譲らないという気迫を感じる。

「嫉妬？」

「あんな容姿の女がどうして男たちを虜にし、金を詐取したのか私は衝撃でした。あんな女がたくさんの男たちに望まれて、セックスして、お金を貢がれて、女神だなんて称えられ
——」

春海さくらは、私とは正反対だ。

男から金を詐取する女と、男に貢ぐ女。

「あの容姿じゃないですか。それに婚活サイトで知り合った複数の男たちにプロポーズもされてたんですよ。私なんか結婚したくてもできないパターンばかり」

アミは少し頬を膨らまして幼い表情をつくる。

はっきり口には出さないけれど、「美人の私が、どうしてあんなブスデブに負けるのか」

そんな思いがあるのだろう。

幸せで自分の生活が満たされている人間は、春海さくらの容姿と犯罪に驚きはしても、自分と関係のない人間を、あそこまで憎悪を込めて罵倒しないだろうとネットや雑誌での騒ぎ方を見てずっと思っていた。

春海さくらだけではない。私に対してもだ。

こんなブスデブが、官能作家として本も出して男もいるなんて許せない。

死ねデブブタブス死ね消えろ死ね死ね死ね――。

「知り合いの編集者で、すごく綺麗な子いるんですよ。彼女、二年セックスしてないんですって。仕事が忙しいのもあるけど、出会いもなくて。性欲も湧かなくなっちゃったって。その子が、春海さくらの法廷でのセックス自慢を聞いて、怒ってましたよ」

そうなのだ。春海さくらが再び話題になったのは、法廷でのセックス自慢だった。

自分のセックスがいかに素晴らしくて、男たちが自分に夢中だったか――それを流暢に語る。

セックスがよくて、男が自分を求める――それは多くの女が欲しくて得られない「才能」ではないか。

しかしそうは言っても、春海さくらの思い込みに過ぎないような気もした。男ならば、よくいるタイプだ。自分の性器やセックスが人より優れていると、自慢したいだけではないかと。

「嫉妬なんです、キーワードは嫉妬。だから桜川さんにしか書けない」

「でも、どうやって」

「ノンフィクションだから、春海さくらに近い人物に取材しましょう」

「でも、『嫉妬』でしょ、それをノンフィクションでどう書けるか」

「それは取材してから、桜川さんが文章にすれば、きっと避けられないと思いますよ。そこがきっと炙り出される――『嫉妬』が。もちろん、周辺取材で拒否されたり、匿名でと言われるのは承知の上です。その辺は曖昧にしないといけない部分ですけど、桜川さんならできますよ」

ジャスミンティーが空になったので、さきほどからアミは水に何度も口をつけている。

「脱『官能作家』のために、やりましょ、一緒に」

口角をあげて笑顔を作ったアミがふいに手を伸ばし、テーブルの上に置いていた私の手を握る。白くて細い指はひんやりと冷たい。

断る理由はない――私は頷いた。

「少し、外を歩きませんか」

会計を終えたアミに誘われ、百貨店を出る。

「豊島区役所の新庁舎、行きました？」

「ない。もうこっちのほうに用事ないしね」

「屋上庭園があって景色が一望できるらしいから、行きませんか」

せっかくだからと私はアミに従った。この辺りも久々だから、少し歩いてみるのもいい。

新庁舎はマンション一体型で、東京メトロ有楽町線東池袋駅に直結している。エントランスが広くて綺麗で機能的な建物だった。私とアミは中央にあるエレベーターで十階にあがる。

エレベーターの扉が開くと、すぐ緑が目に入った。思ったよりも狭いけど、スペース的にはこんなものだろう。説明書きを見ると、かつての豊島区の自然を再現したものらしく、隅には水槽があり魚が泳いでいる。

鉄柵の向こうには、民家の狭間から飛び出している高層ビルが幾つか見えた。遠くには東京スカイツリーも見える。

もっと広がった景色を眺められたらと思ったが、鉄柵が視界を阻む。けれど仕方がない。高くて眺めのいい建物には、死にたい、飛び降りたい人間が寄ってくる。こうして厳重に、空と人との間に柵を作らないと、死ぬ人間があとを絶たないのだろう。

私ですら、高いところから下を見ると、飛び降りたい衝動にかられるときがある。死のうという気がなくても、吸い込まれてしまいそうになる。居心地の悪いこの世界から消え去ってしまいたいと。

「サンシャインの展望台は高過ぎますしね」

アミが日差しを避けるように手を額につけ、そう言った。

「中学のときの修学旅行でサンシャインに来たのよ」

「え、そうなんだ。関西の学校って、東京に来るんですか？」

「最近は知らないけど、私のときはディズニーランドと、国会議事堂と、サンシャインと……あとは覚えてないな。まさか自分が東京の大学に行くとは思わなくて、ただ単に都会ってすごいなって思ってた」

屋上庭園には老人が何人かいてしゃべっていた。平日の昼間だから、こんなものなのだろう。女同士でこうして来ているのは自分たちぐらいだ。

「そもそも桜川さん、なんで結婚するまでずっと池袋に住んでたんですか」

「大学に通いやすかったから。東京の地理なんてわからなかったし。それからもこの付近をずっとうろうろしてたのは、単にめんどくさいって理由だけ」

「春海さくらも――この辺りに住んでたんですよね」

アミがそう口にして、今日、私を池袋に呼び出した理由がわかった。

「不思議なんですよね、春海さくらってブログとか見たらすごくセレブ志向なのに、住んでるのは池袋とか板橋とかその辺ばかりで、いわゆる東京のお金持ちたちが集まる場所じゃない。逮捕されたときは池袋の東口の近くの高層マンション……結構いいところです。そこに住んでBMW乗り回してたらしいですね」

「居心地よかったんじゃない？　理由は、わからないけど」

「私は桜川さんには悪いけど、池袋はちょっと苦手なんです」

確かアミは吉祥寺《きちじょうじ》に住んでいるはずだ。大学を卒業して親元を離れてから吉祥寺に住んで、部屋は変われどほとんど動きはないらしい。アミだけではなく、物を書く人間は中央線沿線に住んでいる者が多い。

「そういう人、いるよね。確かに場所によっては歓楽街で女性が敬遠しそうなところもあるけど……私はそういうの全然平気だし」

「なんかね、私は霊感とかないけど、どうしてもダメだって人もいますよね」

それも聞いたことがある。かつて戦犯を収容し処刑した池袋のある場所は露骨に避ける人もいるし、心霊スポットとして有名だ。けれど私自身も霊感などないし、何も感じないから気にしたことはない。

むしろ私はそういう人が嫌がる場所のほうが昔から好きだった。歓楽街や心霊スポット、殺人現場——悪趣味だと言われようが、惹かれて足を運びたくなる。綺麗な新しい場所にはまったく興味が持てない。

生臭い欲望が剝き出しになっているから好きなのかもしれない。私もそうだが、人は嘘を吐《つ》いて仮面をつけて生きている。周りと上手くやっていくために、醜悪とも言える欲望を覆い隠す。けれど歓楽街や殺人現場には、仮面を剝いでタガが外れた人間の欲望や憎悪の残像がある。不思議と安心できるのだ。

春海さくらがこの街に住んでいたのも私と同じ理由なのだろうか。同い年の、犯罪者。きっとどこかで間違いなくすれ違ってはいるだろう。春海さくらが住んでいたマンションと、私が結婚前まで住んでいた部屋は徒歩五分ほどの距離だ。

正直、アミほど春海さくらに興味を抱いているわけではないが、共通点を見つけると身近に感じる。

「もしもここがそういう場所――敏感な人たちが嫌がるものが集っているとしたら――春海さくらは黄泉醜女《よもつしこめ》かもしれない」

「ヨモツシコメ？　何ですか？　それ」

アミが首をかしげて聞いてくる。

「日本神話に出てくる女の鬼よ。国生みをしたイザナギは、死んだ妻のイザナミを迎えに黄《よ》泉《み》の国に行くけど――イザナギとイザナミは知ってる？」

「あ、そのふたりはもちろん知っています。聞いたことあるぐらいだけど」

有名な一流大学を卒業しているのに、その程度なのかと内心呆れたけれど、興味がなければそんなものだろうかと話を続ける。

「イザナギは、決して見てはいけないと約束したはずなのに、イザナミの腐敗して蛆《うじ》にたかられ雷神に取り憑かれた醜い姿を見てしまい、逃げ出してしまうの。いつも思うんだけど、自分から約束破っておいたくせに逃げるなんて、昔から男って無責任で勝手だったのよね……。それでイザナミは怒って黄泉醜女たちにイザナギを追わせるの。黄泉醜女は足が速いのだけれども、卑しいからイザナギの投げたものが葡萄やタケノコに変わるとそれに喰いついて貪るのよ」

「へえ～！　食欲旺盛な鬼なんですね。ガツガツ食べるなんて、なんだかあさましい」

アミは呆れたように頷いた。

「底なしの欲望を持つ――餓鬼よね。あの地獄絵によく登場する、餓鬼。腹の膨れ上がった鬼。黄泉醜女は食べ終わると、またイザナギを追うの。なんとか地上の近くまでたどり着いたイザナギが、黄泉の国と地上の間の黄泉平坂のたもとに生えている桃の木から実をもぎ取って投げつけたら、黄泉醜女たちは退散して、イザナギは逃げ切った」

「あ、桃！　桃が魔除けだというのはどこかで読みました」

「そう。霊力があると言われていて、黄泉醜女も、桃だけは食べられなかった。でも、黄泉の国の醜い女の鬼って、字面がすごいでしょ」

そう、私が日本神話の中で、この鬼が印象的なのは、この名前のせいだ。

醜女と呼ばれていたなんて、どんな姿をしていたのだろうか。

「本当にそうですね。確かに春海さくらの報道されている記事に書いてある異常な食べっぷりや、複数の男を求めた欲の深さと、あの容姿――そして本当に男たちを殺していたのなら、あの罪悪感の無さはまさに鬼です。男を追いかけ続ける醜い女」

アミが鉄柵の外を眺めながら、何度も感心したように頷く。

「――桜川さんが以前、ブログに書いてた男って、今どうしてるんですか?」

アミが突然、こちらに顔を向けて話題を変える。その瞬間に急に風が吹いて、アミの髪の毛が揺れ、さっきトイレで塗り直したらしいグロスで濡れた唇に髪の毛が張り付く。

「最初の男?　二十二歳上で、私が金を貢いだ男?　サラ金に手を出すきっかけになった」

「そうです。その男のことってね、あちこちに書いてらっしゃるじゃないですか。でも本人、気づかないんですかね?　桜川さんの写真とか見て、まったくわからないわけないと思うんですが、何も言ってこないんですか?」

「それ、よく聞かれるんだけど、何も言ってこないの。どこで何してるかも知らない。生きてるかどうかも。ただ、私は有名作家じゃないしペンネームだから、目に留まらないわよ」

「気づいたら――何か言ってきますかね」

アミの顔が笑っているかのようにも見えた。まるで楽しいことを見つけたかのように。

「さあ……金貸してくれとか、しゃあしゃあと言ってくるか、あるいはプライドの高い男だから自分のことをそうやってネタにしているのに激怒して殺しに来るか、どちらかでしょうね。でも私の家もわかんないだろうし、そんな度胸はないから脅すぐらいでしょう。そうなったらそうなったで、面白がってまたどこかに書くかも」

「私、桜川さんがすごいって思うのは、過去の男たちとのひどい経験を自虐ネタにして痛々しいぐらいに披露するじゃないですか。私はたぶん、恋愛経験はそこそこあるんですけど、昔の男なんか全て消化済みで、興味ないんですよ。時間が経てば嫌なことも忘れているから、本当にどうでもよくって。よく、男の恋愛はフォルダが増えていって、女の恋愛は上書き保存だって言いますけど、桜川さんは違いますよね」

「私、結婚もしてるくせに、書いたり話したりして過去の男を追ってるよね。お前らはいつまでも私のネタだぞ、負のエネルギーの素だから、離さないぞって言わんばかりに」

詩子は話しながら、自分の貪欲さもまるで黄泉醜女のようだと思った。きっとアミも、そう言いたいのだろう。お前も黄泉醜女なのだと。そして自分はそうじゃないのだと。

黄泉醜女は桃だけは駄目だった。私にとって、それは思いがけず予想以上に襲われた容姿についての誹謗中傷と、「女流官能作家」であることの居心地の悪さ、つまりは「女」を使うことができない葛藤だろうか。

春海さくらは、そんなもの平気なのだろう。誰に何を言われようが、どう思われようが、あんな外見でも女を駆使して男を喰らって生きてきた。

私とは比べものにならない、強い女だ。鬼のように、強い。

「黄泉醜女か――それを追う私たちは、何なんでしょうね」

そう言いながらアミは、ニコリと言葉に不似合いな愛らしい笑みを浮かべた。

「人を殺したいって思ったことのない人間なんてほとんどいないだろうけど、実際に人を殺す度胸のある人間なんてそういない。春海さくらは、もし本当に彼女が人を殺しているとしたら――私たちみたいな普通の女には太刀打ちできない」

私はそう言って、大きく息を吐いた。

アミはこちらを見ずに、ずっと池袋の街を見下ろしていた。

そう、人殺しなんて、簡単にはできないのだ。

私はそのとき、初めて春海さくらを羨望した。

男たちに求められて貢がれて「女」の悦びを享受していることよりも、何人もの男を殺したことに。

　私が春海さくらのように、人をたやすく殺せるような女だったなら、こんなにも劣等感に振り回されずに、もっと楽しい人生を送れたかもしれないのに。

第二章　島村由布子　三十九歳　人材派遣会社経営

くだらないと、いつも思っている。

男とセックスする度に、絶頂に達したふりをすることが。

そもそも毎度、絶頂に達していたら疲れてしまうではないか。仕事を持つ女が、そこまでセックスに時間と体力とエネルギーを費やせるわけがない。

絶頂に達したからといって、どんな意味があるんだろう。肌を合わせて甘えられ、挿入の快感を味わうだけでいいじゃないか。

そんなことを、今日会う予定の桜川詩子のデビュー作の小説をパラパラとめくりながら考えていた。どうしてまあ、男の読む官能小説というのはこう陳腐なのだろう。登場する女が、必ずセックスで絶頂を迎え感じまくる。そんなわけあるはずがない。

　けれど自分が過去にスポーツ新聞などで目にした官能小説よりは、まだこの女が書いたもののほうが違和感は薄い。出てくる女にリアリティがある。それでも所詮、官能小説なんて男の読むものだから、男の好きそうな女が出てきて必ず感じまくる描写に、そんなわけないよと言いたくなる。

　官能小説なんて、所詮、男向けのポルノだ。どんなに上手く書けていようと鼻で笑ってしまう。男の幻想の女神など、この世に存在しない。存在するのであれば、それは男に向けて演じているだけなのに。

　結局、男は女を支配したい生き物だと思いながら、本を閉じた。

　暇ではないのだし、関わりたくもないのだが、取引先の伝手《つて》で頼まれたので仕方なく取材を受けることにした。

　訪れる女のペンネームをネットで検索したら、どう見てもぱっとしない中年女の画像が現れたので驚いた。こんな女が官能作家を名乗って顔を出していいのだろうか。

　とりたてて不器量とまでは言わないが、地味で華がない。無駄に長いだけのロングヘアが、なおさらこの女をもっさり見せている。腫れぼったい瞼、笑うと目立つ頬の肉、下膨れの輪郭はまるでお多福だ。巨乳で色が白いのが、女として唯一の救いなのかもしれない。けれど顔をメディアに出しているということは、自分に自信があるのだろうか。もしそうだとしたら、大した勘違い女だ。

こういう女は、たまにいる。自分の容姿に客観性を持てず、自我が肥大している痛い女だ。もしもこの女に「お世話になりたいんです」と頼まれたら、断る理由をどうしようか――なんて、そこまでありもしないことを考えめぐらせるのは、職業病だ。

もうひとり、編集者の木戸アミとかいう女も一緒に来るはずだった。その名前を検索してまず出てきたのが、ある女性向けサイトのセックス記事だった。「女のソロ活動（オナニー）について」というテーマで四人の女が対談をしていて、それをまとめて記事にしているのが「木戸アミ」という女だった。その他にもアミの仕事を検索すると「たった1週間で男をドキッとさせる〝くびれ〟が手に入る！」「男の脈アリサインを見抜く方法とは？」「風水でセックスレス解消！」など、いかにも最近の女たちが読みそうな軽い記事がヒットした。

木戸アミのほうはそこそこ綺麗な女だ。けれど印象に残らないから、タレント業などには向いていない。もしもこの女を自分の会社で雇うならば、どう使おうか。キャンペーンギャルなどにするには年をとっている。

島村由布子は三十九歳になったばかりだ。静岡から進学のため上京し、卒業して人材コンサルティングの会社に六年在籍したあと独立して人材派遣会社をつくり、西新宿のビルの一室に事務所を置いている。ナレーションやイベントの司会などへの派遣が中心で、在籍しているのは若い女ばかりだ。

学生時代に一年アメリカに留学していたこともあり、会社員時代には語学力を生かして会社のセミナーやフォーラムで司会を任せられることが多かった。

二十代半ばで、同僚と結婚したけれど離婚し、その後、三十歳になり退職して独立した。

独立して八年になるが、思いのほか順調に仕事は増えている。今の若い子は景気の悪い時代に生きているせいか、男に食わせてもらう「結婚のための腰かけ」なんて考えの子のほうが少なく、自立心旺盛で責任感のある仕事をする子のほうが多い。

由布子の会社「サクラプロモーション」は挨拶や言葉遣い、しゃべり方、ウォーキングなどのレッスンに力を入れているせいか、やる気のない子、いい加減な子は、その時点で辞めてしまうので、残っているのはしっかりした子たちばかりだ。

女の子たちが何をしたいか最初に面接でじっくり話を聞く。もしもタレントやモデルなど、自分の会社があまり扱ってないジャンルを希望するならば、訓練のつもりでとレッスンを受けさせてから、知り合いの良心的なタレント事務所に紹介もしている。

仕事は順調で、代々木《よよぎ》上原《うえはら》に3LDKのマンションも購入して、何不自由のない暮らしを満喫している――はずだった。

「おはよ、ゆっち」

いつのまにベッドから抜け出てきたのか、パソコンの前に座る由布子の背後に中松仁太郎が全裸で立っていた。

由布子は内心慌てながら、冷静さを装って官能小説の上に封筒を置いて隠す。

「朝から仕事?」

「ニュースチェックしてただけ」

「大変だね。ゆっち、俺、お腹すいたかも。昨日、頑張ったからさ」

由布子は思わず苦笑する。昨夜、仁太郎は合鍵を使って由布子の部屋を訪れた。寝ていた由布子は起こされてセックスした。

桜川詩子の官能小説をめくりながら思い出していたのは、昨夜のセックスだった。

由布子は一七〇センチで、ハイヒールを履いたら一七五センチを超えるが、それでも一八五センチある仁太郎のほうが大きいので安心する。自分のような背の高い女は、なぜか小柄な男に好かれることが多い。だから今まで付き合った男の中では仁太郎が一番背が高く、並んでもバランスがいい。

羨ましくなるような滑らかな髪の毛は長めでそろってなくて、普通の男ならだらしなく見えるだろうけど、整った顔立ちなのでそれが「セクシー」という印象を与える。ただの男前ではなくて、唇に厚みがあるのが淫らな雰囲気を醸し出している。スーツなど、堅苦しい服装をすればするほどに色っぽい。

由布子からしたら、その容姿を利用してモデルなどの仕事をすればいいのにと思うのだけれども、本人いわく「何度かスカウトされたけど、めんどくさいんだよね。人前に出ると、要求されることが多いじゃん。俺、そういうのすげぇストレスなの。だいたい時間どおりに待ち合わせ場所に行くことすら苦手なんだから」とのことらしい。

もったいないとは思うが、野心にまみれた人間と接することの多い由布子は、仁太郎のその欲の無さが可愛らしくもあり安心できた。

運動嫌いなので筋肉はついていないが、細身の肉体と艶やかな肌はふれるだけで宝物を手に入れたような気分になる。こんな男が自分のものだなんてと、由布子はいつも仁太郎と寝る度に優越感に浸らずにはいられない。

セックスのとき、女を脱がすのは面倒だからと最初に言われたので、由布子はいつも自分で脱ぐ。昨夜も同じ手順でセックスが始まった。

「舐めてよ」

いつものとおり、裸になった仁太郎が横になり、そう命令する。

仕事で男に命令などされたら腹が立つが、仁太郎にセックスの最中にあれこれ言われるのは嬉しい。

キスもせず、由布子は仁太郎のペニスに舌を伸ばす。

「あー上手いよー、由布子さん。やっぱり熟女のテクは違うー最高」

誰と比べて上手いというのか——その疑問がよぎっても、もちろん口にはしない。

自分は特別フェラチオが上手いとも由布子は思っていなかった。ただ、昔はひと回り以上年上の男と付き合うことが多かったので、彼らは若い男のようにすぐに射精はしないぶん、念入りにこれをさせた。

「男が悦ぶからな、上手くなったほうがいいんだよ」

若いころは、そうやって年上の男、ついでに言うと社会的に地位のある男に魅力を感じていたし、仕事もセックスも「教えられる」のが喜びだった。

そういう男が苦手になったのは、独立して会社を持ってからだ。

仕事が面白くなるにつれ、「アドバイス」してくる男たちが鬱陶しくなった。

「君のためを思って言ってるんだから」

その台詞を何度聞いたことだろう。

自分の会社が業績を伸ばし、社長としての自信がつくにつれ、年上の男たちの言動の中にある支配欲に対する嫌悪感が大きくなっていった。

社会的に地位のある男たちは、働く女を応援し理解を示すそぶりを見せるが、その女が自分より上になると、貶めようとする。

経営者になって、そんな男たちにうんざりすることが増えた。女社長というだけで、男たちの中には敵意を剝き出しにする者もいれば、協力をちらつかせて従属させようとする者もいる。

セックスだって同じだ。結局のところ、今まで由布子が付き合ってきたような男たちは、自分の好きなセックスを教え込もうとしていただけなのだ。

仁太郎は違う。欲望に正直で、そのままぶつけてくる。そこがよかった。見方を変えれば自分勝手かもしれないけれど、素直さが愛おしい。

「馬鹿なところが可愛い」なんて、陳腐な台詞が浮かぶのが自分でも気恥ずかしいけれど、本音だった。

フェラチオをすると、「ああ～ん、すごくいい～」と仁太郎は女のような声をあげる。そんなところも可愛らしい。十分ほどしゃぶったのちに、「入れてあげるね、欲しいでしょ」と言われて、由布子は横になった。

仁太郎は性器を舐めるのは苦手らしく、指に唾をつけて由布子の股間をまさぐる。

「わー、濡れてる。いやらしいー」

そう言うと、由布子の股を開かせ、のしかかってきた。

「ぁあん……」

由布子は仁太郎に負けまいと、できるだけ可愛らしい声を出そうと努力する。自分が「女」に戻れるのはセックスのときだけなのだから。

仁太郎の愛撫には物足りなさを感じるが、大きく硬い性器が差し込まれると、膣の中が満たされる感触がある。早漏気味ではあるが、激しく突かれるのが、いい。

ただひとつ不満があるとしたら、仁太郎は、自分は必ず女をイかせられると信じている種類の男なのだ。「全ての女がイくわけがない」と言っても「それはゆっちに問題があるんだよ」と聞かなかったので、面倒で絶頂に達したふりをすることにした。

でも、そんな男は仁太郎だけではないので腹も立たない。それに正直、イかなくても自分より十二歳若くて元気な仁太郎に突きまくられるだけで十分だ。若いおかげで、一晩に二度もセックスできる。

自分と同世代の女の中には、恋人や夫がいてもセックスレスの女が少なくない。

そういう話を耳にする度に、自分には仁太郎がいてくれてよかったと安堵する。

それに私は、子どもができないから、セックスそのものを純粋に楽しめる。

由布子は若いころ、ハードワークが祟って子宮筋腫になった。そのせいで結婚していたときは子どもを望んでもできなくて、不妊治療もしたが結局授からず、ふたりの気持ちがすれ違い、夫は大学出たての若い女と浮気して、離婚した。

由布子は離婚後、子宮全摘出をした。

子宮を取らなければいけないと知ったときは、もう自分は女ではなくなると絶望もしたが――ちゃんとこうしてセックスできる男がいるのだ。

私は女だ。子宮がなくても、子どもがつくれなくても、仕事で男たちに「勝利」して敬遠されて、「可愛くない」なんて陰口叩かれたり、女たちから「仕事ばかりして色気がない」と嘲笑されても――女であり続けるために、こうしてセックスする男が必要だった。

「朝ご飯、作るね」

「ありがとう、ゆっちは仕事もできて料理も上手くて、すごいよなぁ」

女を褒めるのに慣れている仁太郎の心の込もらない言葉を背にして、由布子はキッチンに向かった。

自分を「ゆっち」なんて呼ぶのは、十二歳下のこの男だけだ。自分は仁太郎を「ジン」と呼んでいる。

恋人同士と言っていいのだろうか、ふたりの関係は。一緒に外に出かけることなどほとんどなくて、いつも家でセックスするだけの関係だけど、「好き」という言葉を使ってもいい。

六本木にある東京ミッドタウンのメゾンカイザーで購入したパンを焼き、北海道の牧場直営の工場から取り寄せた発酵バターを塗り、平飼い卵のスクランブルエッグと共にテーブルに出す。以前は、身体のためにとオーガニックの野菜サラダも必ずふたり分作っていたのだが、仁太郎がほとんど野菜を食べないので、野菜ジュースで補うようになった。

「ありがとう。うまいんだよなぁ、ゆっちのご飯」

当たり前だ。そのあたりのスーパーやコンビニで売ってるものの五倍の値段なのだ。スクランブルエッグに使う塩もデパートの地下にしか置いてないものだ。高級なものは身体によくて、美味しい。

消費されるものに躊躇なくお金を費やせる自分の身分を誇りに思う。こうして自分の男にいいものを食べさせて喜ばせるのは、人生を頑張り続けてきた女だけができる特権だ。

「俺、今日、昼間ここにいていい？」

「いいよ。バイトは？」

「今日は休み。夕方から友達と飲みにいく約束あるから、それまでいる。ゆっちは？」

「私は準備したらすぐ出かける。今日はね、会社で取材があるから」

「すげー、さすがゆっち！　でも無理しないようにね、身体を壊さないで」

ありがとうと言いながら、由布子はまた苦笑した。

二十七歳のいい大人で大学も出ているのに、週に三度、知り合いの飲み屋で働く「作家志望」の男に、自分の仕事の大変さなどわかるわけないのに、と。

けれどそれで腹を立てているわけでもない。仁太郎は、そのままでいい。難しいことを考えたり、こちらに役割を押しつけたりしてこないし、それでいて会うとセックスもしてくれるのだから、それ以上、望んだりしない。

家賃三万円のボロボロのアパートに友人と住む仁太郎は週に一度か二度、こうして由布子の部屋に来る。そんな生活はもう三年近くになる。

知り合ったのはひとりでふらっと入ったバーだった。恋人と別れたばかりで時間を持て余し、友人と食事をしたけれど、家庭のある友人は遅くなれないからと帰っていって、ひとりでなんとなく飲み足りないと足を踏み入れたバーにいたのが仁太郎だった。

「お姉さん、綺麗だね。女優の鈴木京香に似てるって言われない？」

「言われないわよ。お世辞上手いわね」

「え、そっくりだよ。俺、びっくりしちゃった、すげぇ綺麗で」

「鈴木京香さんなら、二回会ったことあるわ」

そう答えると、男は目を見開いた。

「え、超ヤバイ、お姉さん、何？　芸能人？」

「違うわよ。パーティで挨拶しただけ」

そう答えると興味を持ったのか、男が身を乗り出してきた。マリン系の安い男物の香水が鼻腔をくすぐった。普段なら相手にしないはずが、酔っていたせいか思いのほか会話が弾み、そのまま仁太郎を部屋に招き入れて寝てしまった。

それからずっと時おりセックスする関係が続いている。仁太郎は気まぐれで、半月ぐらい連絡してこないこともあったし、普段、どこで何をしているかよく知らない。わざと聞かないようにもしていた。干渉したくなかったからだ。自分もされたくもないし、濃密な関係はセックスだけで十分だ。

セックスフレンド——恋人よりも、その言葉のほうが自分たちには相応しいだろうか。けれど仁太郎のことは好きで離れたくないと思っているし、仁太郎だって「ゆっち、好きだよ。大好き、いい女」と会う度にベッドの中で口にしてくれる。

好き——でも、愛してもいないのは自覚している。男が必要なのだ、子宮がない私でも、女であり続けるために。

何かを押しつけたりする男は嫌だ。結婚もしたくない。ベッドの外で偉そうにして、仕事に口出しする男なんて、絶対に嫌だ。仁太郎は、それがないのが、いい。

仕事は充実していて、セックスも満たされて――自分は自分の生活に満足している――はずだった。

けれど、それが揺るがされたのは、テレビのニュースで、あの女の顔と再会したからだ。

普通の女は年より若く見せようと装うだろうが、由布子が仕事の際、落ち着いて見られる服を着るようにしているのは、「若い女」とこちらを判断した瞬間に馬鹿にする人間がいるからだ。

三十一歳で独立して会社を持ち、さんざんそんな目に遭った。特に年配の男たちはその傾向が強い。仕事相手として対等に最初から接してくれるほうが稀だ。けれど仕方がない、ついこの前までただの会社員をしていた女が営業に来ても、そりゃあ舐めてかかりもするだろう。

仕事の話のはずなのに、いきなり初対面でスナックに呼び出されたこともある。

「いや、女社長とか聞いてたけど、若くて可愛いから一緒にカラオケでもしたくて」

そう言われて肩を抱かれたときは加齢臭に吐きそうになり、不愉快で仕方がなかったが、そのころは仕事が欲しかったので必死に合わせた。けれど、そんな男に限って仕事などくれない。結局、自分は舐められているだけだというのにすぐ気づかされる。

あるライブハウスでのミュージシャンのイベントに、当時、一番仕事のできる子を派遣したら、彼女自身は機嫌よく帰ってきたが、あとでかかってきた主催者の電話に啞然とした。

「今度はもっと若くて可愛い子を派遣してよー。アフター誘う気も起きないじゃん」

うちはそのような会社ではございませんので——と湧き上がる怒りを抑えて電話を切った。

面と向かって同業者に「パトロンいるんでしょ？　女ひとりでいきなりこういう会社つくるとかできないよね」とヘラヘラ笑いながら言われたこともある。

由布子は自分のことを美人などと思っていないつもりだけれど、それでもひとりで会社を起こしただけで、すぐに男の影を勝手に推測されてしまう。

男たちは、女がひとりで何かをするのを許せないし、認めないらしい。

仁太郎は自分のことを「美人だ」と言ってくれるけれど、お世辞なのは知っている。顔そのものは地味で平凡だ。化粧をとったらあまりにも平坦な顔立ちで笑ってしまう。けれどそう目立った美人でなくていいのだ。だから化粧も控えめにしている。あまり気合いを入れて顔を整えると、同性の中にはそれだけで中傷する者やいらないことを言う者がいる。

この女より私のほうが綺麗だわ——そう思われるぐらいが、ちょうどいい。醜過ぎる、身なりに構わない女は人に不快感を与えるが、美しく見られるよりは清潔感が第一だ。

自分の会社の女たちにも言い含めていた。過剰な色気は異性のいらぬ関心を呼び、同性の反発を呼ぶ。それよりも毅然とした雰囲気と、清潔感。だから挨拶、礼儀には気をつけろと。隙をつくるな、男に頼るなというのも言い続けてきた。男に甘えて頼ると、必ずいつかどこかでそのツケが回ってくる。

女ばかりの世界ではなおさら「媚」を封印すること。

男に好かれるよりも、女に嫌われないように気をつけなければいけない。そうしないと思わぬことに足を引っ張られる。

仕事が欲しくて枕営業をしていた女の子をクビにしたこともあった。悪い噂が広まると、会社自体の評判が悪くなるし、何よりも由布子自身が嫌悪感を抱いた。

由布子の出身大学は名門と言われる私立の共学だったが、高校は地元の公立の進学校だった。卒業後に就職した人材コンサルティングの会社は外資系で「男女同権」が徹底されていて、いい職場だったと今でも思う。それでもやはり足の引っ張り合いや嫉妬からの揉め事なども多少はあった。

一生、その会社にいるつもりだったが、先輩社員と結婚したものの、離婚したので居づらくなって退職した。

由布子は退職金と慰謝料を元手に人材派遣会社を設立した。いきなり素人ができるような甘いものではない。知人の芸能プロダクションの社長に、最初のころはかなり協力してもらっていた。司会業などの部門はのれん分けという形に近い。

やってみたら独立自営というのは性に合った。仕事を取るのも女の子たちを集めるのも大変だけれども、楽しかった。


由布子は再び眠りについた仁太郎のいびきを背に、グレーのスーツを着て、長い髪の毛をきっちりと縛りあげて事務所に出勤した。アクセサリーは小さなダイヤのピアスだけにした。

ビルの五階が「サクラプロモーション」の事務所になる。応接室と社長室と四人の社員が働く部屋の三部屋だ。社員は自分も含め女性ばかりだ。

「おはよう」

既にパソコンに向かっている社員たちに挨拶する。

「おはようございます」

「何か緊急の連絡とかあった？」

「いいえ、何も」

「了解。私は社長室にいるから、二時に桜川さんと木戸さんという方が来られたらお通しして」

「承知しました」

由布子は給湯室で自ら珈琲を入れ、それを持って社長室に入る。女ばかりの会社でお茶くみなんていらない。

社長室に入ると、机の上に全国紙が四紙置いてある。気になる記事だけチェックして珈琲を飲みながら読み流す。

木戸アミと名乗った女から電話があったのは一週間前だった。

その前に、世話になっている芸能プロダクションの社長から「知り合いのライターに取材させてくれってお願いされちゃってさ。うちのタレントのインタビュー記事書いてもらったのがきっかけで知り合ったけど、いい子だから断れなくって」と頼まれたのだ。

何が「いい子」だと、携帯電話の向こうの相手に気づかれないように鼻で笑う。七十歳近いその社長は若い女が好きだ。きっと上手いこと甘えてこられたのだろう。関わりたくないと思いながら、断れなかった。

そもそも、どうして自分と「あの女」との関係が漏れたのだろうかと聞くと、「ごめんね、アミちゃんとちょうど取材で会ったときに、俺のほうから言っちゃったんだよね。知り合いの女社長が、あの事件で大騒ぎされている女を知ってるんだって」

あの事件が報道された当初は、まさかここまで世間で大騒ぎされるとは思っていなかったから、ニュースを見て驚いて、ふと仕事の話の狭間の雑談で漏らした程度だった。

そもそも、知っているというほど親しかったわけではないのに。

ただ自分も好奇心はあった。あの女が複数の男を殺した——それだけでも驚きなのに、その後の報道で男たちに結婚をちらつかせ多額の現金を詐取して、それで生活していたのを知ったからだ。しかも女神だの天使だのと称えられ男を夢中にさせていたらしい。

確かに不気味な女だった。容姿云々以前に、最初から苦手だった。

それなのに、なぜかあの女は自分になついていた。

なぜ、あの女は男たちを魅了したのか、そしてなぜ殺したのか。

報道で表に出た写真は、確かにわざとだと思うぐらいひどいものが多かった。

櫛が入っていないんじゃないかと思うほど整えられていないわさわさとした剛毛の長い髪の毛は、臭《にお》いが漂う獣を連想させた。肉付きのいい瞼の下の目は冷たく、顔にもあちこちに赤い斑点があるのはニキビの名残だろうか。アップの写真も見たことがあるけれど、鼻の下の産毛が処理されていなかった。眉毛もまったく整えられておらず、化粧気もない。

首にも肩にもたっぷりと肉がついていて、薄い色のブラウスやチュニックを着ているせいか、更に膨張して見える。頬や鼻がてかっているのは脂っ気が多いのだろう。鼻の頭と周辺の毛穴だって見える。頬の弛《たる》みのせいで、ほうれい線もくっきりと目立つ。そんなふうに欠点を目立たせた写真ばかりを目にした。

　由布子の知る実物は、確かに太ってもいたし不美人の領域ではあったが、あれぐらいの女ならその辺にごまんといる。それなのに世に出た写真は攻撃しろと言わんばかりにひどいもので、餓えた魚たちが餌を与えられたように喰いつき、あの女の容姿に対する罵倒の言葉が並んだ。自分も驚いたけれども、何の関係もない人たちがそこまで糾弾するほうが理解できなかった。

　あれは憎悪という感情そのものだ。知人の男たちでもあの女のことを「あんなドブスのデブとやる男がいるのが信じられない」「どういうフェラチオで男を転がしたんだよ」などと容赦ない言葉を当たり前に吐く。自分のことを棚に上げて、当たり前のように女の容姿について男たちがあげつらうのは「女は金で買える存在」だという意識が男の根底にあるからなのだろうか。

　結局、社会では「男が上」なのだ。表面的にはフェミニストのふりをしている男たちだって、女の味方のように振る舞うことにより、内心侮蔑しながら弱みにつけ込む隙を狙っているのも知っている。

「女性を尊敬しているから、尊重したいんだ」と言いながら、由布子が自分よりも収入があると知ると、手のひらを返したような態度をとる男だって何人も見てきた。「仕事する女性が好き、応援したい」と言いながら、自分の妻は家庭に閉じ込める男だってたくさんいる。「女性は容姿じゃなくて、中身だよ」と言いながら、見栄えのする女としか付き合わない男も。

自分の会社に所属している女の子たちは、普通よりは上のレベルの容姿の女の子たちだ。それでも現場で、「もっと可愛い子が来ると期待してたのに」「年いくつ？　二十八？　若い子がよかったなぁ」「脚、結構太いね。ミニスカートはくと目立っちゃうよね」「君より、あっちの子のほうがよかったな」「キャンギャルって、もっと綺麗な子かと思ってたら、普通だね」などと、男たちに容姿について傷つけられてる話もしょっちゅう聞く。

我慢を含めての仕事だから——そう言って彼女たちは現場では笑顔を崩さず健気《けなげ》に仕事をしているが、事務所に帰ってから泣いた子もいる。

あの子たちですらそうなのだから、誰が見ても醜い女は、どれだけ傷を受けながら生きていかねばならぬのだろう。

いや、どんな女だって、男は女の容姿をあげつらう権利があると思って、好き放題に貶《けな》してくる。普通以上の容姿の子たちでも嫌な思いをしているし、美しい女優やタレントだって、年をとればすぐに「劣化」などと言われてしまうし、欠点を探そうと躍起になっている人間も多い。

口が過ぎる男に「それはセクハラです」と注意したこともあるが、男たちは「そんなつもりはなかった」と困惑した表情を浮かべるだけで、何が悪いのかなんて考えちゃいない。

けれどわかっている。女の容姿は商品だ。そして自分だって、面接をして容姿の整った娘を採用しているし、やはり美しい子は指名も多い。こちらとしても大事な取引先は、礼儀正しく仕事ができるのにくわえて、美しい子を派遣してしまう。

女は女という名の商品で、自分はそれで食っているのだから、仕方がない。ある程度は割り切らなければやっていけない。

午後二時ちょうどに木戸アミと桜川詩子がやってきた。

「初めまして、木戸です。今日はお忙しいのにお時間いただいて本当に申し訳ございません」

事務所に入ってきた女を職業柄、一瞬で由布子は値踏みする。

まず木戸アミは年齢よりも若く見えた。光沢のある薄いブルーのブラウスと黒のパンツは上質なものだろう。落ち着いていて嫌みがない。ネックレスは数種類のガラスを組み合わせたあまり見たことのない種類のもので、ピアスとセットになっている。ショートカットで、目が丸くて大きいのが印象深いが、鼻や口は小づくりだ。肌は特に美しいわけではないが、丹念に塗られているのだろう。ポイントメイクは無難にまとめている。薄いオレンジの口紅。

肩幅はあるが、全体的にスリムで背は一六〇センチぐらいか。胸はCカップ――。

ひとことで言うと「無難な女」だった。美人かどうかと問われたら、由布子の判断基準で言うと「中」程度の女だ。なんせ、特徴と華がない。もし自分の会社に面接に来たら、雇いはするが、仕事は選ばないといけないと判断せざるをえないレベルだ。

そうやって値踏みする自分が由布子はおかしくなった。いい加減にしろ、とも呆れる。たとえ仕事で関わらない、知らない女でも「商品価値」をまず判断してしまうのは、仕事という病に侵されているのだ。

けれどそういう自分を嫌いではない。仕事に生きている、仕事が張り付いている自分のことを少しばかり誇りに思っている。

桜川詩子のほうも実際はネットの画像ほどひどくない。あの画像では地味で太ったセンスのない女だという印象しかなかったが、深緑のニットは嫌みがなく、髪の毛も画像より短く肩の上で切りそろえているせいかこざっぱりしている。色白で肌に艶があるので、ネットの画像よりは若く見える。太っているから当然といえば当然だが、胸が大きいのでそれなりに色っぽくも見える。

官能小説を書く女なんてどんな女なんだろうと思ったけれど、本当に普通の女だ。太り気味だといってもこの程度の女なら男はできる。アミと並ぶと見劣りはするけれど、普通のおばさんだ。

けれど、そういう見かけがパッとしない女のほうが大胆なことをやるのは、知っている。

こんな地味なおばさんが官能小説を書くなんて、実は裏ではものすごいことをやっているのではないだろうか。想像はしたくないけれど、本当はいやらしいことが好きで性欲も強い女なのだろう。

「初めまして、どうぞあちらの部屋でお話を伺います」

由布子は口角をあげ、雇っている女の子たちにまず教える「好感度の高い」笑顔を見せた。

「あの、これ、つまらないものなんですけど」

おずおずと木戸アミが差し出したのは銀座の有名店のフルーツゼリーだ。

「まあ、お気を使わせてごめんなさい！」

アミの土産を社員に託して、由布子は応接室に入る。

「あの、改めまして、ライターの木戸アミと申します。こちらは作家の桜川詩子さん」

深く頭を下げてアミが名刺を取り出す。

「島村由布子です」

名刺交換をして、「どうぞ」と由布子が声をかけてアミと詩子もソファに腰を掛けると、社員が珈琲を持ってきた。

「珈琲でよかったかしら？　もし苦手ならおっしゃって」

「珈琲で大丈夫です。お気遣いありがとうございます」

やはりこうしてテーブルを挟んで向かい合っても、ふたりとも我の押し付けのない無難な女だ。ネットでの情報とは印象が違う。

けれど最近のメディアに関わる女は、こういう雰囲気の女が多い。無難——つまりは嫌われないように敵をつくらないようにというのを前提に、発言や行動に気をつけているのだ。

つまらないとは思うものの、自分だってそうだ。同性に嫌われないように異性に媚びを見せず、嫌われない雰囲気づくりに注意を払う。

本当は女が嫌いだ。

けれど仕事をしていく上で、同性に嫌われないことというのはもっとも大切な心得のひとつだ。女が嫌いだから女友達も少ないし、女が群れる場所には行きたくない。

そんな自分が「女」たちを使う仕事をしているのは、女が嫌いだからこそ冷静になれるから、できるのだ。何の躊躇もなく「利用」もできる。

私には男だけでいい。

男しかいらない。

セックスする男がいればいい。仁太郎のような。

何も押しつけず、激しく突いてくれる男がいればいい。

「できる範囲でお答えしますので、遠慮なく聞いてください。ただ、私、あの方とそう親しくもないのでご協力できないと思うのですが」

「島村さんがご存じのことだけでいいんです。録音させていただいてよろしいですか」

「いいですよ」

アミが淡いピンク色のICレコーダーを取り出してスイッチを入れ、テーブルの上に置きながら、口を開く。発色のいいオレンジの口紅は自分と同じフランスのブランドのものだろう。

「そういえば、島村さん、私の大学の先輩なんです」

「あら？　そうなの」

「学部は違いますけど……島村さんは英文科ですよね。私は社会学部のコミュニケーション学科です」

「あら、そんな学科、あったかしら……」

「ご存じなくて当然です。島村さんが卒業されたあとで新設された学科ですから。私は短大を出て三年生から編入しました」

「そうなの、同じ大学なのね」

親しみを持たせるためにアミは大学の話をしたのだろうが、由布子は内心あまりいい気分ではなかった。自分が卒業した大学は都内の私立では一番か二番に偏差値の高い大学で、誇りもある。

フリーライターという名刺を持ち、由布子からしたら少しばかり下品でいい加減な、どうでもいい記事をネットや雑誌に書いている女が自分と同じ大学というのは嬉しい情報ではない。

「あの女は、私がもともといた女子短大を卒業しているという嘘のプロフィールも使っていたらしいんです。○○短大で——私は中学高校とそこだったんですけれど」

その学校の名前は聞いていた。短大だけではなくて四年制の女子大もあったはずだ。偏差値は高くはないが、学費が高く家柄のいい女たちが昔は通っていたこともあり「お嬢様大学」で知られている。

「私には、春海さん——あ、実は本名は違ったのよね。彼女は高卒だって言ってたわ」

「実際には、故郷から東京に出てきていったん食品会社に就職したんですが三か月で辞めて、大学の通信教育に申し込みだけして学費未納で除籍になり、あとは働かずに男の金だけで生きていたようです」

「……すごいわね」

皮肉でもなんでもなく、思わず感嘆の言葉が口をつく。自分は大学時代もアルバイトをしていたし、今にいたるまで「男の金」で暮らしたことなど一度もない。結婚していたときだって生活費は折半していた。

男の金だけで働かずに暮らす女たちを非難する気はない。ただ自分には無理だ。食事をおごられるのですら苦手なのだから。男に借りをつくるのは弱みを見せる気がした。経済的に依存してしまうと、上下関係ができてしまう。それが嫌なのだ。

けれど実際、この不景気の世の中、「男の金」に依存などなかなかできるものではない。女を養えるほどの財力がある男も少なくなっている。

自分のところの女の子たちにも、それは言い聞かせている。自分で稼いで食えるようになりなさい、と。そうしたら遠慮なく好きなものも買えるし、男に偉そうにされなくてすむ。支配されなくてすむし、従属しなくてすむ。離婚だって、経済力がないとできない。女が自由に生きるために必要なのは、自分自身で稼ぐ能力だ、と。

それが正論だと思うのだけれども――四十前までほとんど働かずに、ましてや結婚もせずに男に寄生して裕福な生活をしてこられた女がいるなんて、感嘆する。

たいした高級娼婦だ。

あんなデブスのくせに。

女優のようなとびきり美しい女が高級娼婦であっても驚きもしないし心も動かない。世間もそうだが、自分自身も「どうして？」と、この事件に疑問を持たずにいられないのは、あの女が美しくないからだ。

もちろん、美しくなくても魅力的で男性を惹きつける女なんてざらにいるのは知っている。美人は得かもしれないけれど、だからといって幸福になれるわけでもないのは、周りの女たちを見て痛感している。

けれど、あの女——春海さくらと名乗っていた女に、そこまでの魅力があるとはとうてい思えなかった。本人を知っているからこそ、「女神」なんて言葉は、最も遠いと断言できる。

桜川詩子が口を開いた。

「春海さくらと島村さんは料理教室でご一緒されてたんですね」

「ええ、六年前、三か月ぐらいですよ。少数でフランス料理を教えてくれるパリのレストラン直営の料理教室で、同じ時期に入ってきたんです」

「三か月でやめられたんですか」

「期間が三か月単位だったんですよ。基本、四人グループに先生がひとり付いてたんですけど、そのときは私と春海さんだけだったんです。あ、確かもうひとり主婦の方がいたけど、一回で来なくなっちゃった。理由はわからないけれど。だから三か月間、春海さんとご一緒してましたね」

敬語を使うのが相応しいのか由布子自身もわからないでいた。「春海さくら」は死刑判決を受けた被告なのだ。

あのころは仕事で嫌なことが続いて、息を抜くために習い事に通っていた。そのひとつが料理教室だった。

「島村さんから見た春海さくらのことを、何でもいいのでお話ししていただきたいんですけど」

「そうね……」

由布子は大きく息を吸い、脚を組んでソファにもたれた。

「木戸さんと桜川さん、煙草は大丈夫？」

「はい」

「ちょっと失礼しますね、なんだか煙草があったほうがしゃべれる気がしたの。もうずいぶん前のことだから忘れていることも多いけれど――」

嘘だ。

春海さくらは強烈な存在だった。

今でもよく覚えている。

由布子は細いメンソールの煙草を取り出して火をつけた。

＊　＊　＊

出身が北海道の道東だというのは聞いていました。私と同い年だと話してたはずなんだけど……報道で見たら私より少し上でしたね。

同い年だから気が合いそう！　って最初に言われて、それでちょっと、あれって思ったんです。ノリがひと昔前の女子高生みたいというか……。

彼女は私の仕事に興味を持ったみたいでした。「え？　タレントさん派遣？　芸能事務所なんですかぁ？」って言われて、違うって否定しましたけれど。うちの子がテレビに出ることはありますよ。でもあくまでナレーションや司会業がメインだから、芸能事務所ではないです。

私は芸能事務所じゃないって否定したのに、「じゃあ、芸能人とも会える機会多そうですねー」って言われて、あ、この人、人の話聞かないタイプだなって思いました。まあ、そんな人はよくいますから驚きもしませんけどね。

結婚はしていないって言ってました。お仕事は？　って聞くと、「パソコンを使ってインターネット」って答えるから、それもなんだかよくわからないなと思いました。入力か何か自宅でする仕事なのかなって判断しましたけれど。

でもその料理教室は学費が高いんですよ。フランスのレストランの直営ですからね。こう言っちゃなんだけど、普通のＯＬさんとかはあまりいません。裕福な主婦とか、私みたいな自営業者とか……。

春海さんは余裕のある生活をしているんだなと思いましたよ。美味しいお店の話なんかよくしてたんですけど、出てくるお店が東京の高級な有名店ばかりでしたもの。

六本木がどうとか、青山がどうとかね。

そう言いながら、自分は池袋に住んでたのが何か面白いですよね。

あと、芸能人の話も好きでしたね。パーティでジャニーズの○○としゃべったことあるんですよーとか言うけど、よくよく聞いてみたら、ディナーショーに客として行っただけ、とか。

でも、まあ、最初はね、単純に、いいおうちのお嬢さんなのかなと。ええ、彼女、変わってたけど、上品ぶってたんです。あ、上品ぶってたって言い方は意地が悪いですね。醸し出される上品さと、上っ面の上品さは違います。私はどうも職業柄、女性に対してつい厳しく見てしまうんですけれど……春海さんは、「上品なお嬢様」を演出していましたね。といっても、「田舎のお嬢様」ですが。

外見ですか？　今、テレビや雑誌やネットに出ている写真は、ちょっとわざと悪いのを使ってますよね。そのほうが話題性があるからだろうけれど、あからさまな悪意を感じます。私もやはり気になって、彼女の記事とかつい読んでしまうんですが、彼女とお付き合いした人たちのうち何人かが言っているように、あそこまでひどくはないですよ。

まあ、でも、決して美人ではないですね。太っていましたし……ぽっちゃりとかそういう言葉で許容できる範囲ではないですね。けれど、言われているような「あんな女とセックスする男がいるなんて信じられない」ってことはないですよ。ああいう女を好きな男はいくらでもいます。いわゆるデブ専の男って、実は多いですよ。

容姿で女性を全面否定する男の人って、生身の女と接してない人なんでしょうね。女を知らない男ほど、女に全てにおいて高いレベルのものを要求するじゃないですか。確かに私もこういう仕事をしているから容姿というものが大切で、それで判断されるというのは人より知っていますけれど、その容姿というのも作り物ですから。化粧や自己演出で、たいていの女はどうにでもなる。もちろん、整形だって珍しくないですよ。だから、世の中の「美人」のほとんどは「美人と見られたい女」です。

けれど「美人」という印象をつけるのと、好意を持たれるのは違う。そして人が人を好きになるのは、「好意」のほうです。

春海さんに好意を持つ男性がいるのはそう不思議ではありません。さすがに報道されているように、複数の男性から結婚を申し込まれて「女神」と呼ばれ、多額の現金を詐取していた……そこまでの魅力があるかと聞かれたら、正直、理解できないですけれど。

ええ、声が可愛かったですね。それは本当に報道されているとおりです。

でも、私は彼女、苦手でしたね。なんだか人との距離の取り方がおかしかったから。最初に「人の話を聞いてない」って印象受けたのもありますが、そもそも私のことをいろいろ聞いてくるけれど、私に興味がないのもわかるんです。

だって私が何か言っても、すぐに忘れてるんですもの。

「島村さぁーん、どうしたの？　この前休んで具合悪かったの？　心配しちゃった！」

一回、仕事で料理教室を休んで、その前に会ったときに伝えてたはずなのに、次に会うとそんなふうに言われました。

あと、何かバランスが悪いんです。食へのこだわりがあるのはわかりますけど、「マーガリンのトランス脂肪酸は身体に悪い」と言ってパンにバターをたっぷり塗って食べたりとか。「オリーブオイルは身体にいいから」ってまるで揚げ物するみたいにドバドバ入れたりね。身体によくったって、油は油じゃないですか。白砂糖よりも黒糖のほうが身体にいいし、風味が違うって、規定の二倍の黒糖を入れたりとか。

あと、「私、ハンバーグって嫌いなの、あれ余りものの安い肉じゃないですか。どうも舌に合わないんです」とか言うのが、おかしかった。安ものの硬いステーキなんかよりは、美味しいハンバーグのほうがいいですよね。でもね、私にそう言いながら、実はファストフードだって好きだったの知ってますよ。だって臭いがするんだもん。あのファストフードのポテトの臭いを漂わせて料理教室に来ることがあったから、車の中で食べてたのかなと思っていました。

声もね……可愛い声だけど、それがなんだか気持ち悪かった。そうだ、当時は違和感だけあったけどこうしてお話ししていろいろわかってきました。嫌みにならない程度に甘えた口調なんです。でも、あのしゃべり方を悦ぶ男はいるでしょうね。だから、あれは自分の声の可愛さを熟知して、男用にああいうしゃべり方をしているんです。

男の人が悦ぶ「女らしさ」って、全て作為的なものじゃないですか。男たちがボーっとした女を形容する「天然」なんて、まさにそう。男の人が女の人を「天然だね」って嬉しそうに称するけど、あれは、幼いふりをして男の支配欲を刺激して可愛がられるための媚以外の何ものでもありませんから。

でも、そんなのにいまどき騙される男って、よっぽど女を知らない男ですよ。

うちに所属している子にね、ファンがついている子も何人もいて――そういう男はトラブルも引き起こすんですよ。彼女たちのブログやツイッターに張り付いたり、街中でしつこくしゃべりかけてきて、そっけなくしたらネットに書き込んだり。

彼らは何か自分たちの気に入らない行動を女の子たちがすると「思ったのと違う」ってわめくんですけど、当たり前じゃないですか、生身の女の子なんだから。

まあ、そうやって女は男に好かれようと幻想を見せてあげて、世の中の様々な商売が成り立っているんだから、仕方がないですよね。恋愛禁止の決まりごとがあるアイドルグループなんて、まさにそう。

桜川さんのデビュー作である官能小説も読ませていただきました。面白かったですよ。でもやはり官能って男のものだなって思いました。だから苦労して書かれたのもわかりました。私の仕事もそういう部分ありますけど、男性のファンタジーをつくる仕事っていうのは必要ですもんね。

ネットや雑誌では無茶苦茶言われていますけど、春海さんの体型は、ある種の男性を安心させたと思いますよ。世の中の女は必死にダイエットしていますけれど、芸能人なんか実際に会ってみるとガリガリで怖いぐらいの人、たくさんいるでしょ。抱きしめたら不安になりそうなぐらい、病的な身体――あれが雑誌などでは「理想」「美しい」とされていますけれど、多くの男性が欲しいのは不安ではなく安心感ですし、それは身体のことだけではなくて、言葉や立ち居振る舞いも、男性が女性に望むのは「柔らかさ」です。さっきも言いましたけど、デブ専の男ってたくさんいます。一緒に連れて歩くのなら細くて綺麗な子がいいけど、見せびらかしたいだけの存在に過ぎない恋人って長続きしませんよね、男も女も。

春海さんはね、人を立てよう、褒めようとする癖がついてる人だと思いましたよ。私のことも、何かあると「素敵な生き方ですよね、自分で会社を経営されてるなんて！　カッコいい！　憧れちゃう！」とか、褒めてくれましたよ。

馬鹿にされてるのかって思いました。だって、カッコよくもなんともないですよ。自分が食べていくためにやってるんですから。おふたりみたいにちゃんと働いてる方なら、わかっていただけますよね。他人からは華やかに見えても、それは仕事のためにそう振る舞っているだけです。こっちは必死で、見えないところで泣いてもいるし苦労もしてるのに、簡単に「憧れちゃう」なんて言われると、馬鹿にするなって言いたくなる。

親や男の金で食べて、まともに働いたことのない女ほど、私のような立場の女を褒めそやして持ち上げて「憧れる」とか言うんですよ。もっとも同性はそういうの見抜いてしまうじゃないですか。褒め言葉の裏にあるかけひきと侮蔑の感情を。

けど男性は、褒められると単純に嬉しいですよね。だからすぐに、騙される。

今の時代って、女性が強いとはひしひしと思います。フェミニズムも台頭して当たり前の思想になったから、仕事をしていく上で昔と比べてずいぶんとやりやすくなったな、とは……。

でも女が強くなり過ぎると、男の人が弱くなります。正確に言うと、もともと弱い生き物だったのが、露呈してしまう。あるいは、弱さをあからさまにして女に甘えて頼ろうとする。男女は対等であるべきですが、役割は違うと思うんです。男性の領域、女性の領域というのが必ずある。たとえば私の仕事、司会業はやはり女性がいいんですよ。それはさきほど言った「柔らかさ」が女性にはあるから。人を安心させ雰囲気をよくする能力は、男性より女性のほうが持っています。

男性は弱い生き物だから、威嚇もするし虚勢も張ります。男性と仕事をするにはそこは理解しないといけない部分です。

でも、女性が男性に負けまい、男性より上になろうとしている傾向が最近あるでしょ？　対等になるんじゃなくて、男性より上に行こうと。もっとも今まで、男性に支配されてきたから、反発でそうなってしまいがちなんだけど……そうなると男性は本当に逃げ場がなくなる。

今は、女性を褒める男性よりも、男性を褒める女性のほうが少ないんじゃないでしょうか。男性のほうが褒められて勇気づけられることが必要なのに。

春海さんはそれができる人だったと思うんです。当たり前に、です。

料理教室の先生は、男性でした。もう六十を超えたおじさんだったけれど……。私はただ言われたことをやるだけだったけど、春海さんは、いちいち「先生、すご～い！」「やっぱりプロですね！」と嬉しそうに声をあげるんです。すごいのもプロなのも当たり前じゃないって思うけど……そうやって男性を持ち上げるのが癖になってるんでしょうね。

得体の知れない人だな、本心が見えないな……そう彼女のことを思ってはいましたけれど、田舎臭いところに親しみやすさがあって嫌いではなかったな。

「私、女性と仲よくするのって苦手なんです。女ばかりの集団とかも駄目。だからこういう少数で教えてくれるところしか行けないんです。こうして一対一なら大丈夫なんですけど……ほら、女性って、すぐ人のあら探ししたり、表面でいい顔をして陰口とか叩くでしょ？　私、ほんとに人の悪口って、大嫌い！　今まで、さんざんそれで嫌な目に遭ってきたんです。同性受け悪いっていうか……嫉妬されちゃうのかな」

嫉妬されちゃうのかな……という言葉には、笑ってしまいそうになりました。鏡を見たことがあるのか、と。でも、すごく嬉しそうだった、その言葉を発したときに。妬まれる私って、自分が他の女よりも高い位置にいると思えるんでしょうね。

でも、今、改めて考えると、彼女がこうして世間から中傷を受けているのって、彼女が事件の被告だからじゃなくて、嫉妬ですよね。あるいは嫌悪。でも、嫌悪も嫉妬の延長です。ブス……いえ、美人じゃない女が、多くの男性の心を惹きつけて多額の金を得ていたということに対する嫉妬。もしも彼女が本当に殺人犯だったとしても——彼女の容姿がここまで中傷されているのは彼女が犯罪者だからじゃない。彼女が美しくないからです。

どこか、彼女に対して中傷の声をあげる人たちには「なんでお前みたいな女が、愛されて富を得たんだ」という妬みを感じずにはいられません。

話を戻しますけど、確かに春海さんは私と比べて性格がいいとは思いましたよ。私は仕事柄もありますが、女性を値踏みしますし、厳しいことも言います。だって女性を商品として扱っているんだもの。単純に顔立ちやスタイルだけじゃない。細かいところまで見ます。爪先、肌荒れ、ひざ、ひじなんかもね。肌が荒れている子は生活も荒れてますから。お酒に溺れている子なんかもね、いまどき多いんですよ。うちに来る子にはほとんどいませんけど……薬物中毒の女の子もいますし。あと、最近多いのが、手首に傷がある子。綺麗な子ほど、そういうのいるんです。

春海さんはね、女性が嫌いというよりは必要としていないんですよ。私も実は、女性が好きではありません。友達もあまりいません。その辺は春海さんと同じで、女性の集団とか苦手です。「女子会」とか、うんざりします。単純につまらないから、ですけど。でも、必要としているんです。仕事をしていく上でね。

春海さんは――ずっとデートクラブや出会い系、婚活サイトなどで男の人を見つけて、そこから得たお金で暮らしていたんですよね。

だから彼女に必要なのは男性だけ。しかも自分に富をくれる男性だけ。

その代償として彼女は……報道されていることが本当ならば、素晴らしいセックスを提供していたんですよね。男たちを悦ばせて、自分も楽しんで、天国、夢見心地、極上のセックスを。正直、想像したくないんですが……。気持ち悪いでしょ？

彼女は自分を「女神」と崇拝する男たちに貢ぎ物をされて生きてたって……まるでおかしな新興宗教の教祖みたいですね。女神より教祖だと考えるほうがまだ気持ち悪さはマシです。

そういう生き方を否定しません。ただ私にはできない。

春海さんとは、一度だけ料理教室が終わってからお茶をしたことがあります。彼女は紅茶を飲んでました。なんでそんなことを覚えているかというと、たっぷりと砂糖を入れてたから。スプーン五杯です。見てるだけで胸やけしそうになったんです。いくら甘いものが好きでもそんなに入れないし、普通は自制しますよね。

それでわかったんですよ、この人は何も我慢しないんだなって。

男から詐取した金で、ずいぶんと高級で美味しいもの食べてたみたいですね。

あるとき、彼女に相談があると言われたんです。

「私、島村さんの会社のお仕事に興味があるんです。高校のとき、放送部だったんです。女子アナってあだ名をつけられたこともあったの。声がいいし、しゃべりも上手いって。私、愛嬌もあるし、人前に出るの向いてるんですよ。だから島村さんの会社に登録させてもらうことって、できますぅ？」

そう言われて、びっくりしました。

あれぐらいの女はざらにいる――そうはさっき言いましたけれど、正直、彼女に女としての商品価値はありません。私の仕事において、です。人前で何かをするには、レベルが低過ぎる。人間って三十歳も過ぎて社会にもまれたら、自分がどう人に見られるか、どれぐらいのレベルなのか自覚するでしょ。でもそれがないのはまともに働いてないからなんでしょうか――おぞましい。

私は驚きが顔に出ないように気をつけながら、「うちはね、申し訳ないけど三十歳までの女性限定なの」と言いました。

「おしい！」

と彼女は言いました。ぷぅうと頬を膨らませて、まるで子どもみたいに――あれは自分のその表情が可愛いと思っているんですよ。スッピンで、もともと横に広がってた顔がさらに大きくなって、笑ってしまいそうになりました。

三十歳までというのは嘘ですよ。三十五歳まででで経験があれば面接はしています。年齢よりも容姿ですからね、正直。若くても老けて見える人、その逆もたくさんいます。

「冗談ですけどねっ！　ただ、『サクラプロモーション』って会社名が、私とも縁があると思ったんです」

春海さんはそう言いましたけれど、冗談じゃなかったんでしょうね。

私が自分の会社名を「サクラプロモーション」としたのは、ほら桜の花って、入学式とか新しいことを始める華やかで新鮮なイメージあるでしょ、あれです。

あと、桜の花って、女性っぽいじゃないですか。華やかで美しくて――儚《はかな》くて、女性そのものという感じがします。女はやはり、花だと思うんですね。存在で人を和ませる花だと。そんな女性たちを育てる――そんな意味でつけました。

そのとき、彼女は自分には商品価値があると思ってるんだなと確信を持ちました。ただ、彼女の商品価値は、彼女の「男」たちだけのものだったから――世間での商品価値はどうなのだろうと、私を試したのだと思います。

それもこれも私の勝手な想像で、実際彼女がどういう人で、何を考えてるのかはわかりませんけれど――。

彼女について私が覚えていることって、それぐらいかしら。もう六年も前で、一か月に二度会ってただけで特に親しくもなかったのでそんなに面白い話はないですよ。

その後、彼女と会った機会ですか？　ありません。

彼女、私に「気が合いそう」とか言ってなついていたようなそぶりをしていたわりには、そのあと何も無かったですね。電話番号とかも聞かれなかったし。

だから再会は、この事件の報道ですよ、ええ、びっくりしました。

彼女が男を殺したかどうかですか。さぁ……まさかと思ったけれども、殺してないとも断言できないですね。

だって彼女——男が好きなんだろうし、きっと男の人の前では可愛い女を演じられるんだろうけど、男を愛してはいないなって思いましたよ。必要とはしているけれど、愛していない。必要と愛は正反対でしょ？

恋人とか彼氏の話ねぇ……それも聞かなかったわ。ただ、彼女のほうから聞かれたことがあるの。「島村さんは、彼氏に悦んでもらえるために料理を習いにきたの？」って。

「違うの。ただ単に好きなの。美味しいものを食べるのも作るのも」って答えたかな。そうしたら「私もなの」と、にっこり笑って答えたんじゃないかな。

だけど……報道を見たら、料理でずいぶんと男の人を悦ばせてたみたいですね。きっとそのために料理教室に通ってたんじゃないかしら。

そういう女の人に対して、敵わないなって感情を抱くことがたまにありませんか？

私はこの不景気で厳しい男社会の中で、仕事第一で生きてて……男の人を必要ともしています。はい、恋人も……います。結婚はしないんじゃないかな、向こうも私も望まないし……今の自分には結婚するメリットもないし興味もないから。一度失敗して懲りましたしね。男は好きで必要だけど、男の人に自分の全てを託すことはできないから養ってもらおうとも思わないし、男の人を悦ばせるために料理を勉強するなんてこともする気がないけれど――ああいう、男を愛さないのに信じられる女の人って、強いなって思います。

上手く言えないですけど。

そう、強い、ですね。

春海さんの印象って、「強い」人です。脆《もろ》さや弱さがない。この人は、揺るがないんだろうなって。

だから怖かった。あまり関わらないほうが、近づかないほうがいいって直感で思いました。

ええ、怖かった、怖い。

この人に近づいて、知ってしまうと、自分が必死で守っているものが壊されそうだ、揺らぎそうだ――そんな予感がしました。その当時は、単なる違和感に過ぎなかったけれど、一連の報道を見て、こうしてあなたに彼女の話をして、わかりました。

怖い女の人でした。男でも女でも人間である限り、弱さは持っているでしょ、当たり前に。強く見せようとする者ほど弱点があるのを覆い隠している。

所詮、人は鎧《よろい》で身を守って生きているのですから。けれどあの人は、鎧がないような気がしたんです。あるいは鎧を剝いでも、中には何もない虚無の穴があるだけではないかと――。

目がね、怖いんですよ。何も見てないんですよ。

瞼に肉がついているせいか、黒目がちだと思ってましたけど、その目が本当に真っ黒で、まるで囲碁の石みたいで光がないんです。目の玉に、光が。それに気がついたとき不気味だと思いました。笑ってても、話してても、私を見てない。だから私の話、聞いてないんだなって。自分しか見てないんだって。

それぐらい、かしら。

お役に立てなくてごめんなさいね。

＊　＊　＊

「どうも長々とすいません」

ＩＣレコーダーを鞄に入れると木戸アミと桜川詩子は立ち上がり、深く一礼した。

「いえいえ、どういたしまして。別の方も取材されるんでしょ？」

「ええ。彼女と接していた男性たちは、既に様々な取材がされてるんですが、私は女性が彼女をどう思うか、それが知りたくて。実際に会った女性たちが、です」

桜川詩子がそう言った。

何が目的で——そう聞くのも野暮だと思って由布子は言葉をとどめた。

この女たちだけではない。世の中の多くの人間が、あの女に夢中だ。

逮捕された当時は、週刊誌などには連日あの女の写真が躍り、注目を浴びた。

日本で今、あの女を知らない人間などいないだろう。ただの犯罪者ならばここまで人は興味を持たなかった。

あの女が醜いから。

醜いくせに、男、金——女たちが欲しがるものを手に入れたから。

全ての女に嫉妬されている——そう錯覚してしまいそうだ。

私はどうなのだろう。

「本になるの？　雑誌に載るの？　あ、もちろん匿名にしておいてちょうだいね」

「それは承知しています。お約束します。まだわかりませんが、できれば本にしたいです。

その際は献本させていただきます」

アミが答えた。

「楽しみにしてるわ」

もう一度深く礼をして、木戸アミと桜川詩子は事務所を出ていった。

由布子は応接室に戻り、煙草に火をつけ煙と共に深いため息をつく。

スマートフォンを見ると、メールが来ていた。仁太郎からだ。

〈ゆっちへ！　朝はバタバタしてて忘れてたけど、お願いがあります！　今晩も行くねー。パンツ脱いで濡れ濡れにして待っててろよ！〉

明日は出張のため早くに出かけるので夜遅く来られても相手できない――そう言ってやりたいのだが、できない。

仁太郎のお願いというのも見当がついている。金の無心だ。

返す返すと言いながら、もう何百万円になるだろう。

返してと強く言えない自分は、本当に男にだらしない。

金を借りようとする男は仁太郎だけではなかった。仁太郎の前の男もそうだ。その男は同い年の既婚者だったが、「子どもが成長して学費が大変なんだよ」と頭を下げられて五十万円貸したまま、返ってこない。

もともと自分は、男からおごってもらうのが苦手だった。対等じゃない気がする——そう言ってたくせに、金まわりがよくなると、男のために何の抵抗もなく金を出すようになってしまった。

まるで仁太郎をお金で買っているみたいだ——たまに、そう思う。お金を出して、セックスを「してもらっている」のだと。

この年になると、都合よくセックスをする相手となかなか出会える機会などない。仕事関係者などは、誘われることがあってもご法度だ。女性向けの風俗は足を運ぶ気にならない。狭い業界だし、変な噂がたったら信用を失う。

愛などいらない。

セックスだけが欲しい。

子宮を失った自分が、女であり続けるために男が必要だ。

愛などいらないけれど、男が必要だなんて、あの女と同じだと自嘲する。

けれど違うのは、私は男に金を払い、あの女は男から金をもらっているのだ。あの女は、自分の「女の価値」で大金を詐取してきたのだ。

それは私がしない——いや、できないことだ。

自分はきっと、あまりよくないセックスをするのだろう。だから寝てしまえば男が冷たくなるパターンが多い。

恋愛よりもセックスが欲しいから、こうして金を要求して与えておけば「セックスしてくれる」男ばかりと近年は関わっている。そのほうがシンプルでいいとすら思っている。

あの女と自分は正反対だ。セックスと女の魅力で金を得てきた女とは。

だから負けたような気がするのか。

いや、違う、そんなはずはない。生き方が違う、それだけの話だ。

それでもこうして男にセックスをちらつかされて「お願い」をされる度に、寂しさが込み上げてくる。どうしても埋められない寂しさが。

仕事でいくら成功しても、この寂しさは埋められない。たぶん、一生。


桜川詩子には、ひとつ明確な嘘を吐いた。

料理教室が終わってから、一度も会っていないと話したのは、嘘だ。

いや、正確には一方的にこちらがあの女を見かけたことがあるだけだ。

あれは春海さくらが逮捕される三か月ほど前のこと。

渋谷のホテルのレストランでの会食に向かっていたところ、春海さくらを見かけた。

間違いない、髪型も体型も変わっていなかった。悪趣味としかいいようがない、体型の欠点を見せつけているようなパステルカラーのワンピースだった。あんな大きなサイズのワンピース、どこで売っているのだろうか、海外の通販サイトか。

春海さくらは男と腕を組んでいた。おそらく五十代ぐらいだろうか、白髪の後ろ姿しか見えなかったが肩幅があり、仕立てのよさそうなスーツを着ていた。

春海さくらはニヤニヤ笑っていた。求められているのだと言わんばかりの勝ち誇った顔だ。

そのとき、なぜか自分は目を背けてしまったのだ。

見てはいけないものを見た気になっていた。

今、考えてもあのときの感情はわからない。

人生を他人との勝ち負けで測るのは間違っている。人の数だけ人生が、幸せがあるもの。

自分が会社を起こし仕事で収入を得て——セックスしてくれる若くてだらしない、セックス以外に能力のない男と一緒にいるのも、自分が選択していることだ。

それなのに——私はどうしてこんなに時おり寂しくなるのか。

欲しいものを得ているはずなのに。

〈明日仕事で早いから、ゆっくり眠りたいの、来ないで。それにお金を貸してっていう前に、今まで貸したぶん、少しぐらい返してよ〉

そう仁太郎にメールしたかったが、できない。

二度と自分の部屋に来なくなってしまったら、嫌。だから、断れない。

無理をしても、望みを聞いてしまう。

ずっと仁太郎と自分はこんな調子なのだろうか。仁太郎には他に遊んでいる女がいて、その女に自分のことを「子宮がないから生で中出しさせてくれる、金づるのスケベなおばさん」と言っているのも知っている。自分が寝ていると思って、居間で電話で話しているのを聞いてしまったのだ。

迂闊で馬鹿な男だ。それは自分が仁太郎にとって「金づる」以外の何ものでもなく、どうでもいい存在だからなのだろう。

大丈夫だ、大丈夫だと言い聞かせる、心に暗いものがよぎる度に。

私には仕事がある、お金もある、自由もある――そうやって自分を励まそうとする度に、胸の鼓動が速くなる。

立ち上がり、社長室の窓から新宿の高層ビルを眺める。

東京は残酷な街だと思う。

夢を見てしまうから、かなわない夢を。

魅力的なものや人や場所が溢れていて、お金がかかる。

自分の会社に登録している女の子たちの中には、水商売のアルバイトや、風俗まがいの仕事をしている者もいるのは知っている。

けれどそれを自分は咎《とが》められない。彼女たちがこの街で夢を見て、欲望を抱いてしまい、そのために必要な糧を「女」を使って得ようとするのを誰が止めることができようか。

その先に何があるか、薄々勘づいてはいても。

女が女を売りにして生きていくその先の闇など、見たくない、見せたくない。

春海さくらも北の町から東京にやってきて、夢を見たのだろうか——。

由布子は煙草を取り出し、火をつけて、煙と共に大きなため息を吐いた。

第三章　佳田里美　四十二歳　パートタイマー

故郷には戻りません。できるだけ帰りたくないですね。

父は亡くなりましたし、母も……十歳上の兄が面倒を見てくれていますが、もうだいぶ認知症が進んでいて、私のこともわからなくなっているようです。だから会わなくても、一緒です。

冷たいと思われるかもしれないですが、故郷が嫌いなんです。兄とも仲はよくないです。子どものころ、ずいぶんといじめられましたから。俺だけに親の面倒見させてって父の葬式のあとでみんなの前で嫌みを言われましたけど、聞こえてないふりしてすぐに帰りました。薄情者だとさんざん言われているでしょう。でもそれで縁が切れるなら、ちょうどいい。次に帰るとしたら母の葬式でしょうね。それが最後のはずです。

　夫や子どもたちは連れていきません。関わらせたくないんです。夫も私が実家と折り合いが悪いのは理解してくれています。

　高校を卒業して東京に出てくるまで、本当にロクなことなかったんですよ。昔の知り合いで連絡を取ってる子はいないですね。

　ひとりだけ……彼女とは大学に入ってから何度か会いました。でも親しいわけではないから、数回です。それも途切れて……最後に会ったのは、結婚前ですね。ずいぶんと昔です。

　でも、何度か電話がありました。最後のほうには面倒で無視したけど……。

　ええ、高校の同級生で、卒業してから唯一、連絡を取って会ってたのが、真樹……佐藤真樹です。春海さくらと、名乗っていたそうですね。

　もちろん驚きましたよ、ニュースを見て。

　だけど、男たちに「女神」と呼ばれ崇拝されていたというのは、さすがに笑っちゃいました。あの顔で「女神」ですよ。思わずテレビに向かって噴き出して夫に変な顔されました。

　……でも、どこか、腑に落ちたというか……なんでしょうね。

　真樹が私みたいな普通の主婦になって落ち着いているとか、キャリアウーマンになって男以上に働いているとか……そういう姿よりは納得がいきますよ。

高校の卒業文集だったかな。将来の夢は「主婦」とか書いてたけど、あの子が主婦になるなんて想像つかなかった。だから、連続殺人の容疑者としてテレビに顔が出されるほうが、まだしっくりきます。

変わってませんでしたね。

顔も体型も。

高校生のときも、二十代のときもあんな感じでしたよ。

確かにテレビに出る写真は、わざとひどいのを使ってるんだなって悪意を感じましたけれど、あんなもんですよ。

本当に、変わってない。変わる必要もなかったんでしょう。

そういうわけで、真樹とはずいぶん交流はないです。昔の真樹しか知りません。けれど別にそんなに仲がよかったわけじゃないです。学生時代は、一緒にいる時間が多くて、親友って勘違いしている人もいましたけど、違います。

あ、ケーキ食べてくださいね。ロールケーキ、手作りなんです。バニラビーンズが生クリームに入ってるから美味しいですよ。子どもが甘いもの好きなんです。私は食べないけど、どんどん召し上がってください。

今日はパートが休みですし、子どもたちもまだまだ帰ってきません。主人はいつも遅いので、晩ご飯は外で食べてますから、時間は大丈夫ですよ。

私みたいな平凡な主婦がどれだけご協力できるかわかりませんけれど——。

＊　＊　＊

木戸アミという女から「春海さくらについて話を聞きたい」と電話があったときは、最初はどうやってごまかそうかと考えた。

そもそも自分の電話番号を誰に聞いたのかと問うと、「お兄様から……あ、佳田さんには伝えておくからと言われたんですけど、もしかして連絡いってませんでしたか？　申し訳ございません」と謝られた。

兄はきっとめんどくさかったのだろう。断ることも、自分から連絡することも。

里美自身も鬱陶しく思いつつも、無下に切るような乱暴な真似もできない。

「春海さくら……？　もしかして佐藤真樹さんのことですか」

「はい、そうです。佳田さんが、高校時代、佐藤真樹さんの親友だったと伺いまして、東京在住だと聞いて、お話を聞けないかなと……。直接お話しするのは、小説家の桜川詩子さんという方です。私は編集を担当していまして、同行する予定です」

里美は頭の中で思いをめぐらす。

連続殺人事件の被告の親友だなんて言われて愉快なものでは決してない。

平凡な主婦の自分が関わるべきではない。子どもや夫だって、いい気分はしないだろう。

「もちろん、取材の謝礼はお支払いします。少なくて申し訳ないですが……」

その言葉で、気が変わった。

謝礼……いくらもらえるのか見当がつかない。けれど、もしも雑誌などに載るのなら数万円ぐらい出るのかもしれない。

里美はパート先の惣菜屋の同僚が、「週刊誌の取材受けたらね、三万円もらっちゃった」と嬉しげに話していたのを思い出した。なんでも「人妻の不倫体験」という記事らしい。里美とそう年齢は変わらず、夫も子どももいる女だが、「彼氏は別にいるの」とパート仲間には平気で話している。その「彼氏」の知り合いが週刊誌の記者で、取材を受けたとのことだった。

「三万円よ、びっくりしちゃった。だって三万円稼ごうとしたらさ、一週間ここで働かないといけないのよ。週刊誌ってすごいね、ただ自分が実際にしてること話しただけなのに」

女は嬉しげにはしゃいでいた。決して褒められることをしていないはずなのに、得意げだ。

その場にいた者で「この女の不倫が夫にバレたらいいのに」と思ったのは、里美だけではないはずだ。

「やっぱりときめきって必要なんだもん。女なんだから」

真面目に主婦業と母親をやっている自分が馬鹿にされたような気がした。その陳腐な言葉に、まるで「あんたは既に女じゃない」と言われているような気がする。

夫以外に男がいるのがそんなに偉いのかと、言ってやりたくなった。

だいたい、その女の容姿よりも自分のほうがどう見てもましなはずなのに——。

でも、わかっている。選んだのは、自分だ。夫とふたりの子どものいる平和な家庭。夫の勤める会社がだんだんと厳しくなっているので七年前からパート勤めを始めたが、そう困窮しているわけでもない。

結婚して子どもをつくり家庭を築く——昔からの自分の夢を、見事にかなえたではないか。

「あの、私の名前とか顔とか絶対に出さないでくださいね」

謝礼と聞いて、里美は一転して取材を受ける気になった。

「もちろんです。匿名にして、いっさい、ご迷惑をかけないようにしますから」

「親友とか書かないでくださいね。親友じゃないから……」

「それも承知しました」

ふたりの女の来訪の日時は三日後で、場所は自宅にした。

里美と家族が住んでいるのは東京郊外の団地だった。二十九歳で同い年の佳田勝と結婚して十三年になり、この部屋を三十五年ローンで買ったのは八年前になる。

子どもはふたりとも女の子で小学生だ。勝の会社は大手の損保会社だったが、この数年で賞与も減らされリストラの話も聞き、子どもたちの学費やローンの足しになればと、家から自転車で十五分の惣菜屋で週に四日働きはじめた。惣菜屋なので、売れ残りを持ち帰ることもできて、時給以上のメリットがある。

料理はもともと好きだった。大学も東京の女子大の家政科に入り、栄養士の資格を取って、病院に就職した。そこを辞めて数か月のアルバイト生活を経て、転職した会社で知り合ったのが夫の勝で、一年の交際を経て結婚して専業主婦となった。

料理が得意──そういえば、報道であの女も料理教室に通ったり、男たちに手料理を振舞い、悦ばせていたと聞いて驚いた。だって学生時代は、料理が得意だとか興味があるとかそんな様子はなかったもの。ただ、ものすごく食べる女だった。一緒に食事をしても、意地汚いぐらい食べる女だった。

それをいいことに、ダイエットしたい自分は「私、お腹いっぱいだから、これも食べていいよ」と勧めてたいらげさせていた。

目の前で消えていく食べ物は、里美を安心させた。

どんどん喰え、あさましい獣のように、喰って太って醜くなればいい。

お前が醜悪になればなるほど、私が美しく見られるのだから――。

そんな気持ちがなかったといえば、嘘になる。

いや、当時はそこまで思っていなかった。気づかされたのは、あの女の顔を報道でしょっちゅう見るようになってからだ。

里美は木戸アミからの電話を切り、ゆっくりと居間の椅子から立ち上がる。

電話がかかってきたのは、ちょうどパートから帰ってきてひと息つこうとインスタントの珈琲を飲んでいたところだった。今日は子どもたちは塾に行っているし、夕食も残り物の惣菜があるからご飯を炊いて味噌汁を作るぐらいでいい。

「痛っ」

腰に痛みが走り、思わず声を出して腰を手で押さえる。四十歳を過ぎてから度々腰痛があり病院や整体に行くことも増えた。生理も不順になったので、婦人科に行くとホルモンバランスが崩れていると言われて驚いた。閉経も近いのではと。

「閉経って、まだ四十歳なのに」

「早い人は四十代前半で閉経するんですよ。あと、普段から身体は温めたほうがいいですよ、女性の不調は冷えからきますから」

若いころのツケが回ってきたのかもしれない。

高校のときはぽっちゃりしていたのだが、大学に入って一念発起してダイエットにいそしんだ。その後もずっと気をつけていたおかげで、「スリム」と言われるようになった。

もっともかつては「スリム」「スレンダー」と称されていたのが、今では「貧相」と呼ばれてしまうようになったのは不本意だけれど。

痩せたおかげで洋服も変わった。身体に張り付いたラインの服、ミニスカートを好んで身に着けるようになって、バーやクラブ、ライブハウスに行くと男の気を惹けて声をかけられるのはしょっちゅうだった。

転職先の仕事は一応総合職ではあったけれど、仕事内容はただの事務でつまらなかった。でも、その分、アフターファイブや休日は楽しかった。折れそうなハイヒールで酒を飲んで踊り続けたものだ。声をかけられた男とそのまま勢いでセックスした経験も、何度かある。

あのころは、ご飯ではなくアルコールでカロリーをとっていた。栄養価なんて考えもしなかった。肌は荒れたし、しょっちゅう体調を崩したが、それでも男に声をかけられ酒を飲んで楽しく過ごすことが何よりも生活の中で大事だった。

東京という街を、楽しんでいた。若い女であることの恩恵を全て受けようとしていた。

地方の田舎町から出てきて、冴えない学生時代を送った復讐のように、東京という街の光を浴びて生きていた。

けれどいつまでもそんな生活は続くわけがないのはわかっていたから、結婚した。

夫と知り合い結婚したのは、二十九歳という、いいタイミングだった。

事務なんて若い子がいいと会社の男たちが思っているのを知っていたから、三十歳までに結婚したかった。会社を辞めて「遊び」も引退して主婦となり、東京の郊外に引っ越してからは自分でも驚くほど穏やかな生活に満足している。

そう、満足しているのだ、私は。

若いころ十分に「女」を満喫して男たちにちやほやされて、若くなる前に結婚して家も子どもも手に入れた。

自分の家族とは没交渉だし、夫の両親は四国にいる。夫は長男だが、嫁に行った妹が両親の近くに住んでいてよくしてくれているので会うこともあまりないし、干渉もされない。

夫は不器用だから出世するタイプではないとは思うが、真面目で働きもので、何よりも子どもが大好きなので面倒をよく見てくれる。

高校生のときは劣等感の塊で、ブスでデブで勉強ができるわけでも何か人より秀でたものがあるわけでもない自分は、恋愛も結婚もできないし幸せになんかなれるわけないと思っていた。

けれど、私は手に入れたではないか。

世間が「女の幸せ」という全てのものを。

里美は台所に掲げている生協のカレンダーに印をつけた。

取材の日に、赤い○をつける。

春海さくら――その名前を聞いたとき、あまりにもあの女に似合わな過ぎて笑ってしまった。

自分の中では、あの女は佐藤真樹以外に、ありえない。

自分より太っていて、自分より醜くて、自分より成績が悪くて、自分より男子にもモテなかった佐藤真樹。

多くの男を魅了して、多額の金を詐取して、男たちを殺した春海さくら――。

そんな女を、私は知らないはずだ。

あの冴えない佐藤真樹しか、知らない。

「遠いところからわざわざごめんなさい」

「いいえ、こちらこそお時間いただきまして……あの、これつまらないものですが」

玄関で深く頭を下げ、手土産の入った紙袋を渡された。

細身で若くいかにも都会的で洗練された木戸アミという女と、木戸アミよりは年上であろう、地味で太めの女がいた。

木戸アミに関しては、予想どおりだったが、もうひとりの桜川詩子という女が、官能作家という肩書に不似合いなのは思わず笑みがこぼれてしまう。

こんな女が官能を書いているなんて知ったら、がっかりする者も多いのではないか。地味で色気のない、ただのおばさんではないか。黒いロングカーディガンは、少しでも痩せて見せるための工夫のつもりだろう。さらにロングスカートで隠している太ももは、脂肪の塊に違いない。アミと並ぶと気の毒なくらい見劣りする。

作家なんて、もっと華やかなものかと思っていた。しかも官能ということはセックスを描いているはずなのに。「桜川詩子」というペンネームも明らかに名前負けだ。

そう考えると同情心すら湧き上がり、笑顔になった。同情できる相手に対しては、優しくなれる。

手土産は赤坂の有名店のクッキーの詰め合わせだ。自分は甘いものはとらないようにしているから、子どもたちに食べさせよう。

食べないけれど作るのは好きなので、昨日ロールケーキを焼いた。バターと砂糖がたっぷり入ったロールケーキをこの女たちに出そう。

木戸アミはともかく、桜川という女なら喜んで食べるだろう。太った女はカロリーが高いお菓子が好きなはずだ。かつての自分がそうだった。

居間のソファに座ってもらい、紅茶とロールケーキを出す。

「そんな、ご丁寧に」

「いいの、遠くからいらっしゃったんだし、召し上がってくださいね」

私が食べたくなっちゃいけないから、あなたが食べてね――そんなことは口にしない。

私の分も、食べてよ、太ってよ。

佐藤真樹と会って食事をする度に、自分はそう願っていたのだ。もちろん、そんなことを初対面のこの女に言う気はないけれど。

アミと詩子の向かい側に腰をおろし、里美はしゃべりはじめた。

謝礼っていくらもらえるのかしら、忘れてないわよね、でもこちらから切り出すのもいやらしいわよね――それだけを気にしながら。

＊　＊　＊

北海道の田舎町の公立高校で、一学年は五クラスでした。今はもっと減ってるらしいです。進学校でもないし、特に出来が悪いわけでもないし……男の子は進学する子が多かったですね。

周り、何もないですよ。今でもそう。コンビニもないし、牧場か畑だけ。何もないところにね、ぽつんと高校が建っています。

佐藤さんは高校二年、三年生のときに同じクラスでした。

目立つ生徒ではなかった……はずですよ。高校三年生の冬までは……ええ、そのときに何があったかは既に報道されていますよね。それもまあ、流れに沿ってお話しします。

私と佐藤さんが親友なんて、誰が言ったんですか？　あ、内緒なんですね。まあ、いいです。でも訂正しておいてください。ただの同級生です。

私も佐藤さんも部活動をしていなかったし、クラスの中でも正直、地味なほうでした。田舎ってね、ヤンキーが多いでしょ？　うちの高校でもそれっぽい連中はいました。高校のときって、そういう子がやたらモテて目立つんですよね。

男も女も派手な子たちがいて、そこに憧れる層がいて、また対極に、勉強ばかりしている優等生たちもいて……もちろん、普通の子たちもいて……私と佐藤さんは、どこのグループにも入れなかった。

私は学生時代、ものすごく劣等感が強かったんです。今よりだいぶ太ってて、ニキビもすごくて、中学時代のあだ名が「ゴマまんじゅう」だった。

え？　ありがとうございます。今じゃ、想像もつかないって？　ほっそりしてるって……お世辞でも嬉しいわ、あなたみたいな若い女性が、こんなおばさんを褒めてくれるなんて。成績もよくなかったし、運動神経も無かったから体育の時間とか大嫌いだった。そうだ、手足が毛深かったから、体育のときにブルマーになるのも嫌でたまらなかった。今でも覚えています、同級生の女の子に「ゴリラみたい」なんて言われたことがあったの。悪気はなかったんでしょうね、でも傷ついた。同性だからこそ、嫌だった。

髪の毛も天然パーマでもじゃもじゃしてたんです。東京に出て、子どもを産むまではずっと縮毛矯正してましたよ。それが子どもを産むと、急に髪質が変わって気にならなくなったの。子どもを産むと体質変わるって本当ね。

ニキビは大学に入ってから自然に無くなりました。故郷の田舎町よりも東京の水のほうが合ったんでしょうね。ダイエットもしたし、お金をためて脱毛もして、化粧も覚えて……東京という街が私を変えてくれたんです。

東京には綺麗な人がたくさんいて、それだけじゃなくて「自分でもそこに行けるかも」みたいな夢が見られるでしょ？　有名人やマスコミの人と会えちゃう機会も多いし。だから努力もできたんでしょうね。

東京の大学に行くと言ったときは成績もよくないしお金もかかるって両親には最初反対されたんですけど、奨学金をもらうということで許してもらいました。

話を戻しますけど――佐藤さんは、私と同じ種類の女だった。はっきり言うと「ブス」「デブ」と、馬鹿にされて陰口を叩かれるグループです。高校生だったから、あからさまにそんないじめみたいなことを言われたりはしなかったけれど、無視されてましたね。いなかったことにされてた、同級生の男子からは。

中学校までは女子と仲よくしてもらってたんですけど……わかっちゃうんですよね。私に近づいてくる子って、「こんなブスの嫌われ者を世話する私って性格いいでしょ」アピールの材料にされていた。こんな子と付き合うなんて、優しいでしょ、と。だって彼女たち、他校の男の子と遊ぶときには私を絶対に誘わないいんです。仲間と思われたら恥ずかしいからでしょ？

だからあるときから、そういう女の子たちのグループからも離れました。耐えられなかった。劣等感が強くなるだけでしたから。ただでさえ他の子たちに比べて「私は何でこんなに醜いんだ」って自意識にとらわれて苦しくてたまらなかったから。

佐藤さんと一緒にいることが多かったのは、お互いを好きで仲がよかったんじゃなくて、ひとりでいるのが怖かったんだと思うんです。

高校生のときって、昼休みが嫌なんですよ。お弁当を食べるとき、仲がいい子と一緒に机をくっつけて食べるでしょ。ひとりで食べる子って、嫌われてるみたいだし、寂しげに見えるし……だから無理やり、誰かと一緒に食べてた。

それが私にとっては佐藤さんだったんです。佐藤さんしかいなかった。

大人になった今考えると、ただの自意識過剰だったとわかります。誰も私のことなど気にしていないのに、人目ばかりを気にしてた。劣等感のせいでクラスの派手な女の子たちや、成績優秀な女の子たち、当たり前に男女交際している女の子たちとしゃべるのも苦手だった。

異常なぐらい劣等感の塊で、男子も女子も苦手でしたね。でもそれは親のこともあるかもしれません。もし自分の親が、私がブスでデブで頭が悪くても可愛がって愛してくれていたら、そうじゃなかったはずです。

私の父親は酪農家でしたけど、気が荒くて……「男」でしたね。支配的で無神経な男。そして母はそれに従属するのが好きな人でした。だから仲はよかったんですよ。父がどれだけ外で遊んでも、母は「男は遊ぶ生き物だから仕方ない」なんて、馬鹿みたいなこと言ってたから。

太っているのって、原因があるんです。自制心がないとか、心が弱いとか、そういうのじゃなくて許容範囲を超えて食べてしまうのって病気ですよ。でも世間では、ただ罵《ののし》られてしまう。だらしない、駄目な人間だと断定されてしまう。病気の人を馬鹿にして罵るのっておかしいでしょ？　でも——佐藤さんがこれだけ注目されるのは、あの容姿ですよね。彼女が普通の容姿なら、こんなにも話題にならなかった。

遠慮なく浴びせられる彼女の容姿への罵倒の言葉——あれを聞く度に、いい気分はしませんよ。私が子どものころに父親や、同級生たちにいじめられるときに言われ続けた言葉だから。

ええ、いじめられていましたね。でも、それはまだいいんです。父親に「女の子なのにブスでデブでひどいなぁ」「お前はこの先、男も知らずロクな人生送らねぇだろうな」と言われるのが、たまらなかった。それを母も止めませんでした。

だから家には帰らないいんです。両親のことも嫌いです。父親が亡くなったときも悲しくなかった。周りが何を言っても、親だけは子どもを可愛がって許さなきゃいけないはずなのに、うちの両親はそうじゃなかった。だから私も、自分は醜いって意識から逃れられないし、一生そうだと思っていました。東京に出てくるまで、こんなふうに結婚も出産もできるなんて夢にも思いませんでしたもの。

佐藤さんは……同じタイプだと他の人たちには思われていたんでしょうけれど、私とは正反対だったんじゃないでしょうか。ええ、彼女は私のような劣等感の塊ではなかった。いえ、劣等感のない人間というのではなくて……人間の種類が違ったんだと思うんです。

彼女の家族のことはよく知りません。妹さんがいるとは聞いていたけど……今思うと、意識して話さなかったんでしょう。

彼女は私と違って、あの町に生まれたことそのものが、彼女の傷だったような気がします。傷、という言葉が相応しいのかどうかわかりません。

今回の報道で、彼女がたくさんの男性から愛されて金を引き出していたのは驚きましたけど、どこか納得もしました。

男好きですから、彼女は。

彼女の世界には男しかいなかったんじゃないでしょうか。

学生時代からね、男の存在だけを気にしていました。相手にされてないくせに、たまに何かの用事でしゃべりかけられると「やだぁ」なんて、高くて甘い声を出すから……目立つんです。みっともなかったし、気持ち悪いなんて陰口を言う子もいた。けれど本人は可愛いと思っていたはずです。ボディタッチもやたらと多かった。しゃべりながらベタベタとさわるんですよ、相手が男であろうと、女であろうと。正直、気持ち悪がってる子もいましたよ。同級生の男子より先生に対してそれが顕著でした。年上が好きなのかもしれないけれど、先生だと無下にしないじゃないですか、どんな生徒でも。

だからよく先生に質問に行ってました。質問に行くために、質問を作ってた。本当は勉強になんか興味がないくせに。もちろん全ての男の教師ってわけじゃないです。三十代ぐらいの教師ですね。

誰か好きな男がいるとかそういう話はしませんでした。私もしませんでしたし。

恋……彼女は男が好きだけど、恋とか愛とか、そんな言葉が似つかわしくない人ですよ。男を愛さないから、溺れず、ただ男の望む女を演じ続けられる。だから女神だなんて言われていたんでしょうね。普通の女は男に惚れたり恋するから人間に戻ってしまう。

彼女は男が好き、必要とはしているけれど、男をひとりの人間とは見てなかったんじゃないかしら。あとになって思うと、彼女は自分が生きていくために男たちから愛情とか崇拝とか現金とか――命を吸い取ってたんでしょうね。

人間ではなく、虫か動物みたいですね。女王様。女王蜂かな、体型もそんな感じだし、あはははは……失礼。

学生時代はただ男に興味があり過ぎる……その程度でしたけれど。

私も興味がありましたよ、当たり前に。彼女以上にあったかもしれない。

でも私は、さっきも言いましたけど、劣等感が強くて自意識過剰だったから、男の子たちに「対象外」とされているのも悔しくて、興味がないふりを必死でしていました。好きな男の子もいたけど、告白なんてしたらふられるのわかってました。笑われて、嫌がられるのも――私はそういう存在でした。

だからね――男性への興味を隠さない、しゃべりかけられると嬉しそうに甘い声をあげる彼女のことを、内心笑ってました。

でも、本当は羨ましかった。自分にはできないことだったから。笑われて馬鹿にされて傷つくのが怖くて、男に興味がないふりをしている私は、彼女のように振る舞えなかった。

彼女には何も怖いものなんてなかったんじゃないでしょうかね。誰にどう思われようが、どう見られようが……私のような卑屈さも彼女にはなかった。

ただ単に、彼女が他の人と交わらなかったのは、住んでる世界――いえ、見ている世界が違ったんです。

彼女、「声が可愛い」ってよく報道されてますよね。それは昔からそうだった。でも作為的なものですよ。もともとは低くて怖い声です。けど甘い声を出せるんです、自分の声の魅力を知っているんです。

声だけじゃないかもしれませんね、彼女は自分の魅力をよくわかってた。

あのね、「自己肯定」なんて言葉があるじゃないですか。私の場合は度が過ぎたけれど、人間って誰しも自分自身の存在を全面肯定なんてできないと思うんですよね。だからこそ自分を磨いたり、仕事を頑張ったり、何か目標を持って生きていけると思うんですよ。

でも、彼女は自分の存在全てを肯定してたと思う。だから容姿を磨こうとも、働こうともしなかったんじゃないですかね。自分はありのままの存在でよくて、その自分の「価値」をわかってくれる男性だけを必要として生きてきた――。

自分を肯定しろ、自分を好きになれ、自分を愛せないと人を愛せない、自分を信じろ――心理学の本とか、女性誌とか見ると、よくそんなことが書かれてるんですけれど、自分を一〇〇%信じて、自分を全て肯定して、自分を信じきったら、彼女みたいな人間になるんです。

自分という存在が好き過ぎる。自分のみの存在で完結してるから、他者の存在がない。だから傷つかない、愛さない、利用するだけ。

私、東京に来てからは身なりに気をつけて恋愛も結婚もしたけれど……やっぱり親に存在を否定されたりとか、若いころにいじめられて容姿をさんざん貶されたりとか、そういう傷って、なかなか消えないんですよ。昔のことだからと、割り切れない。

　でも、だからこそ努力もしたし、幸せになろうともしたんです。

「どうしたら幸せになれるか、愛されるか」なんて自己啓発本も、さんざん、昔は読んでました ね。さすがに今は……もう、いいけど……そんな本を読んで、自分と同じように苦しんでいる人がいるって安心してたんです。内容なんてないんですけどね、そういう本のほとんどは。スピリチュアルにもずいぶん頼りました。自己愛を高めるローズクオーツのパワーストーンブレスとか、今でもたくさん持ってます。

　ここ数年、「こじらせ女子」なんて言葉も流行ってるじゃないですか。いい年して、嬉しそうに「私、こじらせてくるからさ～」など女同士で牽制しあってる様子を見ると、気持ち悪いなと思いつつ、自分もそうだなって思いますし共感しちゃうんですよね。自意識過剰で劣等感強くて、そのくせ人に認められたくて――つまりは人の目を気にし過ぎなんです。でも、ほとんどの女が、そうじゃないんですかね。誰だって大なり小なりそんなものありますよ。

　けれど佐藤さんは、学生時代から、そういう自意識とは対極だった。いえ、彼女だってもしかしたら劣等感はあったかもしれないけど、どこか超越した感じだった。私たちの手に届かない高みに。

だから強いし、怖い。

彼女のように自分だけの存在のみで完結している人は、人も平気で殺せちゃうんじゃないかなって思っています。罪悪感も無しに――だって、他人が存在しないんですもの。男の人たちは、彼女の道具みたいなもんでしょ。

私は努力して恋愛して結婚して――でも、結局、そういう劣等感や自意識が消えたのは、子どもが生まれてからですね。

子どもが生まれたときに、この子は私みたいになっちゃいけないと、強く思いました。子どもがどんなふうになっても、私だけは愛して守ってやらなくちゃいけない、と。

自分の親が、あんなふうでしたから。

そのとき、いろんなことが楽になりました。

だから、今、幸せです。本当に、幸せ。

子どもはいいです、子どもに救われました。

佐藤さんは子どもを欲しいなんて思わなかったでしょうね。他人を必要としないから。

私は子どもが欲しかった。子どもをつくるために結婚したのかもしれません。

子どもがいてくれて、母親になれて私は救われました。

全ての女がそうではないでしょうけれど、母親になることによって、初めて「女」への執着を捨てることができるんです。私がそうです。

昔、あれだけ私を苦しめていた劣等感も今はないです。

母親ですからね、女である必要はない。

結婚もしているから、他の男の気を惹かなくてすむ。

職場で周りの男たちに媚を売る必要もなくなりましたしね。会社員時代は総合職だったから男と同じ能力を求められるけど、やってることはバイトと同じ事務がメインだし、上司たちは私たちに女らしさも求める、それが重荷でしかなかった。

女ってめんどくさいですよね。仕事もできて、容姿も整えなくちゃ何か言われちゃうし、たとえそのふたつができていても、独身なら「結婚できない」なんて言われちゃう。結婚しても子どもができなければ、女として欠陥があるんだと言われてしまう。

老いていくと、「劣化」と言われてしまう。

死ぬまで、容姿がついてまわる。

もっとも佐藤さんなんかは、そういうのを気にしてなかったんでしょうね。

幸せな人だからね、彼女は。

そうそう、大事なこと忘れちゃいけませんね。

高校三年生の冬の、あの事件――いえ、噂です。本人は否定してたそうですから。

私と彼女の決定的な違いを見せつけられた事件です。

佐藤さんが売春してるって言い出した子がいたんです。おじさんとホテルに入る姿を見たって。ホテルに行くイコール、売春とは限らないんですけれど、目撃された男性はひとりじゃなかったんですよ。

田舎町でラブホテルも限られています。国道沿いにポツンと何軒かあって。どうもね、そのホテルで学校に内緒で清掃のアルバイトをしている子がいたらしいんです。その子が佐藤さんを何度か見たって。

相手は五十歳ぐらいのおじさんで――つまりは自分たちの父親以上ですよ？　嬉しそうに腕を組んでたって、しかも制服姿で。

佐藤さんが、そんなことするわけない――みんな、そう言ってましたよ。それは彼女がそんな「悪いこと」「ふしだらなこと」をするわけがないって意味じゃなくて、あんな容貌の女がって意味です。私もそう思っていましたもの。

私と同じ、男と縁がない処女だと思い込んでいました、勝手に。

だから最初、信じられなかったけれど、裏切られたような気分になった。

彼女の売春の噂は瞬く間に広まりました。売春じゃなくても複数の男性とホテルに入るだけでも騒がれますよね、田舎町ですし。彼女が先生に呼び出されたなんて噂もありました。

いいえ、それ、噂じゃないんです。だって私、彼女から自慢げに、あとになって東京に出てきてから言われましたもの。

大学生のとき、ですね。私が、初めて彼氏ができて浮かれて彼女にそのことを話したんです。そしたら――。

「へぇ、よかったわね！　人生楽しくなるわよ！　男の人って、本当にいいから！　でもね、ちゃんとイかせてもらわなきゃ駄目よ。一方的に男だけが悦ぶオナニーみたいなセックスってあるのよ。男を知らないと、そんなものかって納得してしまいがちだけど、それは駄目よ。いいセックスしなきゃ、女の価値が下がるわ」

上から目線なんです。常に自分が上。たかがセックスですよ、誰でもすることでしょ。それなのになんだか先輩ぶられているって、一瞬にして不愉快になったんですよ。私の気のせいじゃなかったはずです。

「高校のときさぁ、先生に呼び出されたことがあったの。あの学年主任の独身のおばさんいたじゃない、男に縁がなさそうな……。変な噂があるけど、本当かって聞かれた。いろんな男の人、しかも年上と遊んでるんじゃないかって……それがどうしたのって思ったし、悪いことしてないわよって思ったけど、田舎だから目についたのかもね。でも、言ってやったわよ！　何がおっしゃりたいんですか、先生？　セックスしてるのか聞きたいの？　してますよ、毎回イかせてもらってますよ？　何が悪いの？』って。そしたら、おばさん、言葉を失ってた」

佐藤さんは、そう言って、とても楽しげに笑いました。

「ウフフフフ。セックスしてる私が羨ましいんでしょ――本当はそう言ってやりたかった。嫉妬してるんでしょって。朝まで何度もイかされたり、潮を吹いたりしたことないんでしょ、とか。でもおばさんは、『卒業まであと少しなんだから、気をつけてね』としか言わなかった。言えないんでしょうね。セックスって、どれだけいいか、男の人に愛されるのって、どれだけ素敵か教えてやりたかったわ。ねぇ、里美もこれからいろんな男の人と付き合ったら、もっともっと楽しくなれるわよ」

佐藤さんの言葉に戸惑いました。

そのころ、私はダイエットに成功して、化粧もしはじめて――とりあえずは人並みの容姿になっていましたから、佐藤さんのように変わらないままの人に優越感を持たれているんだと思うと、どうしたらいいかわからなかった。腹が立つとかではなくて、彼女の図々しさにどう応えたらいいのか困ったんです。そして佐藤さんは、こうも続けました。

「私、嫉妬されるの好きなの。嫉妬って、するよりされるほうが勝ちじゃない。するほうが苦しいよね。嫉妬されるのって気持ちがいいの。私はそういうの、ぜーんぶ受け止めてあげるの。どんどん嫉妬されたい！　嫉妬されたい！　ねぇ、そう思わない？」

私は正直に、いいえとかぶりを振りました。

嫉妬なんてされたくないです。最近はもうないですけれど、若いころはさんざん嫉妬しましたよ。自分は努力して綺麗になったつもりでも、自分より美人で可愛くて愛されてお金も持ってて、挙げ句育ちもよくて性格もよい素敵な女性が世の中に溢れているんですもの。どれだけ外見が変わっても、劣等感は残ってたんでしょうね。でも嫉妬されたいとも思わない。だって面倒じゃないですか。嫉妬なんて、この世に存在しないほうがいい。

ママ友同士も、いろいろあるんですよ。会社員時代も女同士で揉め事があったけれど、全て動機は嫉妬ですよ。私は社会人になってから人にさほど嫌われずに生きてきたつもりだけど、それでも変な恨みを買うことはあります。嫉妬されて、攻撃され、傷つけられるなんて、まっぴらです。

でも――こう、お話しして気づいたんですけど、佐藤さん、今、望みどおりなのかもしれませんね。自分が願うとおりの人生を手に入れたんじゃないかって。

佐藤さんの容姿がこれだけあげつらわれるのって、嫉妬ですかね？　憎しみまじりの嫉妬。だって、当事者じゃなくて、自分と関係ない他人の容姿を、あそこまで憎悪を込めて罵倒する人たちって、嫉妬じゃないですか？　かなり病的ですよね。

みんなが見たくないものを見せつけてるんです、佐藤さんは。だから憎まれる、人の心を搔き回す、注目される――。

ブスのくせに、デブのくせに、ババアのくせに、まともに働きもせずに、セックスして、デブスなのにセックスのよさを知っているから女たちは嫉妬してるんでしょ？　たくさんの男に「女神」と呼ばれ愛されて、巨額の金を手に入れて――そうやって佐藤さんを憎悪する人たちは、正義感でもなんでもないでしょ？　個人的な嫉妬でしょ？　男に愛されているからではなく、彼女が満たされて幸せそうなのがみんなは許せないんです。だって金も男の愛も手にしている女がどれぐらいいます？　選ばれた一部の女だけですよ。それもあんなブスのデブが――。

だからこうして世間が騒げば騒ぐほど、彼女の容姿をあげつらうほどに佐藤さんは喜んでいるような気がしてならないんです。彼女の思うツボです。考え過ぎですが、全て彼女のシナリオどおりではないかと思うほどに――だって、あの事件、不思議なんです。

彼女には男たちを殺す動機がないじゃないですか。

まるで自分が注目されるために、殺人を犯したみたい。

世に出るために、罪を犯したんじゃないかって。

高校三年生のその冬の彼女の噂は話題にもなりましたが、一瞬でした。就職が決まった子は遊んでたけれど、進学する子はそれどころじゃありませんでしたから。

佐藤さんも就職が決まってました。そう、大手の食品会社です。地元かなと思ったら東京だって、卒業間際に聞きました。それはなぜか、黙ってたんですよ。

佐藤さんの噂は一瞬だけ、みんなの心を掻き回しましたけれど、すぐに高校を卒業して新しい生活が始まりましたから忘れましたよ、その程度のことです。

でもそれなりに楽しかったです、大学生活は。私は東京で生まれ変わりましたから。

佐藤さん以外の故郷の同級生とは、卒業以来会っていません。同窓会にも行きません。好きでも親友でもなくて、どちらかというと嫌いなのに――佐藤さんのことは気になってました。けれども、佐藤さんの存在は、若いころのたくさんの嫌な出来事を蘇らせることにつながりましたから、そのうち会わなくなったし、忘れました。

彼女も私に対してそんな執着はしなかったと思いますよ。一度、会うのを断ったら、「あら、そう。またね」とそれきりだったたから。

それから結婚して子どもを産んで――思い出す機会なんてなかったはずなのに――テレビで昔と変わらない彼女の顔を見て驚きました。

「それぐらいかしら。もうずいぶんと会ってもいないし話してもいないから――」

里美がそう言うと、「ありがとうございます」と木戸アミは深く頭を下げた。

目の前に出されたロールケーキには手をつけてない。

＊　＊　＊

「せっかくだから、それ召し上がって」

「あ、はい、いただきます。実は甘いもの好きなんです」

アミはフォークを手に取ってロールケーキに突き刺して口に押し込む。

ふと見ると、桜川詩子のほうに躊躇いが見える。

「桜川さんは」

「すいません、私、甘いもの苦手で……」

「あら、そうなの」

「せっかく出していただいて、申し訳ありません」

「でも、そんなに甘くないわよ、砂糖控えめだし」

「じゃあ、それなら」

桜川詩子がフォークをロールケーキに突き刺す。

本当に甘いものが苦手なのだろうか、ダイエットしているのではないだろうか。

この太った醜い女なりに見かけを気にしているのではないだろうか。そうだとしたら笑ってしまう。

けれど、食べればいい。

口の中にその砂糖と脂の塊を押し込め。

食べて太ればいい。

太って醜くなればいい。

佐藤真樹のように――。

どんどん醜くなり、男に相手にされないメス豚になってしまえ――。

醜くなれ、醜くなれ、かつての私のように――。

「美味しいです」

気を使っているのか、アミがそう答えた。

「ありがとう！　おかわりもあるの、持ってくるわね」

そう口にして席を立つと、アミと詩子が困惑の表情を浮かべたのが目に留まった。

目の前に、普段、接することのない華やかな世界の女たちがいて、久しく味わったことのないどす黒い感情が湧き上がってくる。

アミは三十六歳だと言っていたが、十分に若くて美しい。きっと恋人もいるし、男の人にもよく声をかけられるのだろう。独身だから自由に楽しむことができる。

桜川詩子だって、こんな容姿だけど小説家で、ネットで調べたら本も数冊出しているらしい。テレビで目にする小説家ってみんなお金持ちだから、さぞかし華やかな生活を送っているに違いない。結婚だってしているし、なんだかんだ言ってもこの女は恵まれた状況にいるのだ。

東京という街は女に餌を与えてくれる。毒入りの蜜の味の餌を。

楽しいことが溢れ過ぎている。その先に何があるか目をくらませてくれるぐらいにまばゆい光を放つ、女たちの好物が溢れている。

もし自分が結婚して子どもを持たずにあの光の中にいたままだったら——と考えるだけで恐ろしい。

若さとか美しさとか男に愛されることに固執したまま、醜く腐っていたのではないかと。

そこから卒業した私はやはり幸せだ。

「木戸さんはおいくつなの？」

「三十六になります」

「あら、もっと若く見えるわね！　結婚は？」

「まだなんです……彼氏もいなくて」

アミはわざとらしい困り顔をしてみせた。

「卵子の老化とか最近テレビでやってるし。早く結婚したほうがいいわよ、木戸さん、可愛いんだから」

里美は詩子の表情を見たが、下を向いていた。

「……ありがとうございます。あの、これ、本当に少ないですけど御礼です」

アミが鞄の中から封筒を取り出した。詩子は半分以上ロールケーキを残している。

「まあ……いいのに。ただ話をしただけなのに、こんなの申し訳ないわ」

「お時間いただいてしまいましたから」

「じゃあ、遠慮なく……あ、それから何か記事にするとしても私の名前を出さないでくださいね……それから、私だとわかるようにも書かないで欲しいの」

「承知しました」

里美はふたりを玄関まで送っていく。詩子は黒のローヒールのパンプスだが、アミはその細い足首が映えそうなハイヒールだ。自分が今はもう履けない、高いハイヒール。服装はラフだが、靴も鞄もおそらくブランドものだ。そうやってこの女も鎧をつけ、身を守り、東京で戦って生きているのだろう。

いつか疲れ果て倒れる、その日まで――。

真樹は戦っていなかった。戦う必要がなかった。真樹はその存在だけで勝者だったもの。

繰り返し報道され映し出される真樹の顔を見る度に、真樹の笑い声が聞こえるようだ。


あたし、嫉妬されてる！　って。

注目されてる、愛されてる、羨ましがられてる！

ウフフフフフ！


そんな声が聞こえてくる。

真樹は男たちを殺し、世間から嫉妬と憎悪を太陽の光のように浴びて、女神となったのかもしれない。

私のような、この目の前の女も、一生なれない「女神」に。

「では、また連絡します。本当にありがとうございます」

もう一度、木戸アミと桜川詩子は深く頭を下げて、出ていった。

ふたりとも礼儀正しい、感じのいい女だ。ほとんどの人間が好印象を持つだろう。けれど、幸せに見えない。幸せだったら、真樹なんかにそれほど興味を抱くわけがない。

「久々に、知らない人としゃべったから疲れちゃった」

里美は冷蔵庫からペットボトルの麦茶を持ってきてソファに深く身を沈めると、独り言が口をついて出た。

自分はすっかり「お母さん」となってしまった。そのことに不満などない。夫とは月に一度か二度、義務のようなセックスしかしていないけれど平気だ。

時おり自分で慰める。性欲なのか寂しさなのか、わからない。家でひとりのときに指でさわるぐらいだけど、夫とするよりは快感を得られる。

夫とのセックスはつまらない。まずフェラチオをして硬くなると、夫が私の膣の中を指でいじくり、潤滑ゼリーをつけて挿入するだけだ。体位だって正常位とバックの二種類しかない。夫にとってセックスは楽しむものではなく、ただの排泄に過ぎないのだろう。結局のところ自分は悦びを得たことがないかもしれないという思いが拭えない。

処女で一生、男に相手にされない、恋愛も結婚もできない――そう思っていたけれど、高校三年生のときに、真樹が身体を売ってお金を得ているという噂を聞いて感じたのは、軽蔑よりも希望だった。あんな女でもセックスしてくれる男がいるのだ。

真樹は自分より明らかに醜かった。自分よりも太っていたし、自分よりも顔の造作は悪かった。自分より成績も悪かったし——真樹の祖父が町会議員で家も裕福だったのは妬ましかったが、それ以外は真樹より少しばかり自分のほうが優っていたはずだ。クラスの中で、「最底辺」だった自分と真樹だったが、その中でも真樹よりもマシだと思うことで、なんとか自我を保てたのだ。

そのために真樹と付き合っていた。優越感を持つために。

劣等感と優越感はセットだ。劣等感の強い人間は、優越感を持ちたがる。そうしないと、生きていけないもの。だから「劣等感が強いんです」なんて言っている人間ほど、他人を意識して見下しがちなのだ。

クラスの他の女子と一緒にいたら、苦しくなる。自分が劣っているのを見せつけられるから。制服を着ているからなおのことだ。だから真樹しか、付き合う女がいなかった。全て自分より劣っていて、そのくせ勘違いしている男好きな真樹を、ずっと内心笑いものにしていた。

私よりブスでデブなのに、可愛らしい声を出してみっともない。みんなに馬鹿にされ笑われてるのがわからない、頭の悪い女——そう思っていた。

それなのに、真樹という女が商品となって金銭を得たのが衝撃だった。それ以前に、あんな女と寝る男がいるのに驚いた。自分と同じく一生処女だと思っていた。

もしも高校三年生のときの真樹の「事件」が無ければ、自分は劣等感を抱えたまま一生卑屈に生きていたかもしれない。あんな女でさえ男に抱かれ、商品となるのだ――それならば自分だっていけるかもというかすかな希望の光が見えた。

上京してから、必死にダイエットした。

一六三センチで七〇キロあった体重が六〇キロになった。もともと真樹ほど太ってはいなかったので、三か月で「ぽっちゃり」と言われる程度になった。

化粧を覚え、振る舞いにも気をつけるようになった。五〇キロまで痩せると、着られる服も増えた。家からの仕送りは少なかったので、アルバイトに明け暮れた。大学二年生のときにはコンパニオンのバイトを始めた。

処女を喪失したのは二十歳のときだ。合コンで知り合ったひとつ上の男で、付き合っていたわけではなくて飲みに誘われそのままホテルに行った。好きでもないし、特に一緒にいて楽しくもなかったが、とにかく早く処女を捨てたかったのだ。

きっと真樹なら「オナニーみたいなよくないセックス」と言い放つであろう。ロマンティックなムードなどもちろんなかったし、乳房や性器の触り方も乱暴で痛かったりしたけれど、声をあげなきゃいけない、感じなきゃいけないという強迫観念になぜかとらわれて、必死で気持ちいいふりをしていた。

初めてだから、とにかく男に従おうとして、望まれるままに男の尻の穴なども舐めてみた。

「気持ちいいか」

「すごくいい」

膣に性器をねじ込まれてそのやり取りが繰り返されたけれど、本当はまったくよくなかった。ただ、処女を喪失することだけに価値があった一夜だった。

一生、男に求められることも欲情されることもないはずだった自分が、処女を喪失して「勝った」と思った。何に勝ったのか、未だにわからないけれども。

そのあとは何人かの男と短い付き合いもあったが、求められるとたいていの男には身体を許した。嬉しかったからだ、「女」として求められ、欲情されることが。

大声で故郷の親や同級生たちに言ってやりたかった。私はたくさんの男に欲情され、求められセックスしているのよ——と。

自分を見下していた連中よりも多くの男とセックスしてやりたかった。

大学を卒業して栄養士として病院に就職したが、どうも合わなくて三か月で退職した。奨学金の返済もあるし、お金が必要だった。

そうして里美はコンビニに置いてあった、以前から気になってはいたが躊躇い続けていた高収入求人誌に初めて手を伸ばした。

『ソフトなサービスです。初心者大歓迎』

抵抗がなかったといえば嘘になる。けれど、もっともっと美しくなって男の気を惹くためにはお金が必要だった。親には頼れない、自分でそのお金を稼ぐしかない。

復讐だった。故郷の親や自分をいじめた者たち——いや、何よりも劣等感の塊で卑屈だった自分の青春時代への復讐が必要だった。どうしても、復讐しなければいけなかった。

口と手で射精に導く仕事だった。

つらくはない。だってそれまで好きでもない男でも誘われたら簡単に寝ていたのだから、同じことだ。いや、お金を得ることで自分の「女」に商品価値があるということが証明されたのが、嬉しかった。高揚感があった。

里美は昼間に喫茶店でバイトをしながら、夜は週に三、四日ほど風俗で働き続けた。

目を二重にしたのは二十四歳になる前だ。二重になる手術は、予想よりもずっと安くできた。「埋没法」というやり方で両目で十万円ちょっとかかった。クリニックは雑誌の広告に載っていたところ。最初は勇気がいったし、何度も引き返しかけたけれど、手術後、鏡に映る二重になった自分の顔を見た瞬間、後悔なんかしなかった。

腫れてはいたが、二重になっていた。

そこにいるのは、それまでの私じゃない。

こんな簡単なことだったなんて——どうして今までここまでこだわってきたんだろう。

整形を終えてから再就職をしたので、周りに不自然さを勘づかれることもない。

美人になりたかった。

美人になれば幸せになれると信じていた。

二重になった自分を鏡で見たときの喜びは今でも忘れない。

とても簡単なことだったのだ、美しくなることなんて。

そうして次は小鼻を小さくして、その次は顎に注射をした。これ以上すると止まらなくなると思って、そこでやめたのはちょうどいいタイミングだ。

顔の造作なんて人の好みもあるのだから、実際のところ「美人」の定義なんて曖昧なものだ。けれど自分を「美人」だと思うことができて何が得られるかというと、それは「自信」だ。一番大切で必要なものだ。

整形をする度に、里美は自信をつけた。そうすると、自分の中の過去の嫌なものがどんどんとそぎ落とされて、魂までもが美しくなるような気がした。自分が美人だと思うことさえできれば、積極的に自分のほうから男に声をかけることができる。男に求められても余裕ができるから、昔ほど安売りせずにいられた。

そうなって初めて、自分はそうセックスも男も好きではないことに気づく。気持ちがいいけれど、どうしようもなくしたいわけではないし、しなくても平気だ。ただ男がしたがるし、求められると嬉しいからセックスをしていただけ。

男は必要だけれども、好きかと問われるとイエスとは言えない。無神経だし単純だし、乱暴だし――それは父親の存在が影響しているのか、風俗という現場で男の正体を見てしまったからか。男を軽蔑しているのかもしれない。やはり――男は好きじゃない。

けれど自分という存在のために、男が必要だった。

根深い劣等感、最悪だった十代、嫌な思い出しかない故郷――それらに負けないために、自分の存在価値を確かめるために男が必要だった。

あのころの自分にとって男とは、「勝つ」ために必要な存在だった。

ひとりでいると悪いことばかり考えて死にたくなる。醜くて劣等感だらけで誰からも馬鹿にされてきた顔や、整形までしたこと、人にどう見られるかってことだけで、どうしてこんなにもしんどいのか。これから先もこうなのかと思うと、死にたくもなる。

愚かだという自覚はある。けれど、そういう生き方しかできなかったのだ、何が悪い。親に愛され存在を許されてきた者たちには、容姿が劣っているだけで侮蔑され、醜悪なゴミ扱いされ続け生きてきた者の痛みや傷や憎しみは、わからないだろう。私が悪いんじゃない、あんな親の子に生まれてきたことが不幸なのだ。

傷を克服するすべは、人それぞれだろう。

自分にとっては、それが美しくなり男の気を惹くことだった。

だけど、いつまでもそんなことで優越感を得ていても虚しいだけだと知っていたから、そこから降りた。降りて、身の丈に合った男と結婚して子どもを産んで、本当に楽になった。

復讐は終わった。結婚して、子どもを産んで、多くの男の気を惹いたり美しくなる必要もなくなった。自分の子どもを愛して育てるという正当な義務が与えられて、やっと過去の苦しみが消えた。

ほとんど故郷とは没交渉だったが、八年前に父が事故で亡くなって、あらゆるものから解き放たれた。

あの父の葬式のときに、痩せただけではなくすっかり顔の変わった自分を、目を見開いて、まるでバケモノを見るかのように眺めていた母の表情は、今でも忘れられない。

「お前……」

兄はそこで言葉を止めて、目をそらした。通夜と告別式の間中、まるで里美のことを「いない人」のように扱った。

腫れ物のように扱う――いいや、母と兄にとって、知らない顔の自分は、理解できないバケモノだったのだ。

美しくなったはずなのに。

親戚たちはどこまで気づいていたかどうかわからない。ただ、ほとんどしゃべりかけられなかったので、異様な雰囲気だった。あれから故郷には戻っていない。

本当にこの顔を見せたかったのは、亡くなった父親だ。さんざん、娘である自分の容姿を貶した父親に、どうして死ぬ前に会わなかったのだろうと、それだけは後悔した。

あんたの娘は、あんたのせいでバケモノになったんだよこんなに美しいバケモノに――そう言ってやりたかった。あんたのせいで私がどれだけ苦しんだか、歪んでしまったか、と。あんたのせいで私は身体を売って、それで稼いだお金で親からもらった大事な顔を変えたんだよ、と。

母親と兄とも、もう他人だと思っている。自分の家族は夫と子どもだけだ。

私は幸せだ。

なのに、このところ、ずっと胸がざわめいているのは、あの女に再会したからだ。

「春海さくら」が、東京に出てきてからほとんど普通に働くこともなく、デートクラブなどで愛人を見つけたり、婚活サイトなどで複数の男と知り合い、金銭を詐取し、結婚を望まれ、殺していった――その報道を食い入るように見つめながら、自分の「幸せ」が揺らぎそうになるのを感じながら震えていた。

私は努力して、頑張って、身体を売ってまでして、人並みに美しくなって——。

整形して失ったものもある。大学時代の友人の結婚式で昔の写真を大画面に映し出す際、集合写真でなぜか私の顔だけトリミングされたりなんてこともあった。顔が違うのだから、仕方のないことなのだろう。地元の同窓会にも行けなくなってしまった。

後悔はしていない。私は美しくなったんだもの。

傷ついて、傷つけて、努力して、必死で生きてきた。

美しくなって、見返してやろうと——最悪な過去に。

そうして望みどおりになったはずじゃないか。結婚もして子どもも生まれて、裕福ではないが暮らしていけて、このまま年をとる。そんな人生に不満はない。

けれど春海さくら——佐藤真樹のあの姿を見せつけられる度に、私が必死で努力して手に入れたものが実体のないものだと言われている気がしてならない。必死に戦って勝ち取った「幸せ」が砂上の楼閣だとも。

だって、あの女は私より醜いくせに、醜いままで愛されて富を手に入れた。

だったら、私はなんだったの？

美しくなろうとした私は、なんだったの？

美しさも、男に求められてセックスすることも、私が身を削って手にした「優越感」も、あの女の存在に一瞬にして吹き飛ばされてしまった。

どうして佐藤真樹は醜いままで人生を勝てたのだろう。

多くの女が必死に欲しがっているものを手に入れることができたのだろう。

そのことを考えると、くらくらする。

男たちはどうしてそんなにも真樹に惹かれ、金を差し出したのか。

そしてなぜ真樹は男たちを殺したのだろう。

真樹は今、拘置所の中で何を考えているのか、罪悪感で後悔しているのだろうか——想像もつかない。

本当は、昔から真樹は全てわかっているような気がした。自分が優越感を味わうために真樹と一緒にいたことも、次第に美しくなって男の気を惹けるようになったのを見せつけるために東京に出てから会っていたことも。

男たちの欲望を手に入れようと、女たちからも綺麗だね、可愛いね、素敵だねって羨望の眼差しが欲しいがために、整形したことも——真樹に笑われているような気がしてならなかった。

お前は愚か者だと。

中身のない、空っぽの人間だから、容姿にとらわれ不自由なままだったのだと——笑われているような気がしてならない。

本当は自分が真樹をずっと笑っているつもりだったのに、違ったんだ——そう気づいたときに足元がぐらりと揺らいだ。

真樹と一緒に食事をするときは、お腹がいっぱいだからと自分の分のデザートまで真樹に押しつけた。それを「わぁい！」と嬉しそうにたいらげる真樹を見て、もっと太れ、もっと醜くなれ、そうすれば私はどんどん美しくなる——そう唱えていたのも真樹には全て見抜かれていたはずだ。

本当に醜いのは、お前だと。

あさましく生きる、お前だと。

他人と比較しなければ自分の存在を確認できない、中身が空っぽの、お前なのだと。

第四章　高坂愛里香　五十三歳　家事手伝い

今回、あなたにお会いしたのは少し報道が落ち着いてきたからです。

弟が死んで、被害者のはずなのに個人情報がさらされ、しかもその報道のされ方は決していいもんじゃありませんでした。

モテない、女に縁が無い男だから、あんな不細工でデブな女にひっかかったんだ——どうして被害者なのに、弟が悪く言われなきゃいけないのでしょうか。

桜川さん、あなたに会う気になったのはね、正しいことを書いて世に出して欲しいからなの。弟は決して報道されているような「モテない、女と付き合ったことのない男」ではなかった、と世間に言いたいの。

今、家族は私と母親のふたりきりです。奥の部屋で、母親は寝ています。もう十年、寝たきりです。手術で喉を切ったので、きちんと話すこともできません。私と弟は母の口の動きで、何を言っているのかだいたいわかるんですけどね。だから介護ヘルパーの方に来てもらっているんですが、私か弟のどちらかが傍にいてあげないといけなかったんです。

弟は獣医をしながらも、よくしてくれてました。普段、ずっと母の介護をしている私を気遣ってくれもしたし、優しい子でした。

家は、ずっと東京です。私も弟も東京生まれの東京育ちです。

私は旅行会社に勤めていました。大学を出て、最初は大手企業の受付嬢だったんですけど、二十七歳で資格を取って転職しました。

旅行会社では営業と、添乗業務ですね。自分のお客さんが旅行に行かれる際に一緒についていくこともありました。私のことを可愛がって気に入ってくれているお客さんもいてね、仕事は大変だし給料は安かったけど、それなりに楽しかったです。給料が安いといっても、ずっと親元だったから困ることもなかったし。

若いころはバブルで景気もよかったし、そのおこぼれも十分にもらいましたよ。

結婚は一度もしてません。

そうね……する機会は、何度かあったんです。今、思うと、なんであのときにしておかなかったんだろうって後悔も正直あります。

　自分はいつまでも男の人に求められる気でいたのかしらね。あのころ、私も若くて、言い寄ってくる男の人たちも少なからずいましたから、調子に乗って男の人を条件で判断して値踏みするようなところはありましたよ。若いってだけで傲慢になれますもの。

　それに結婚して仕事を辞めて家庭に入るよりも、自由に遊びたかったんですよ。東京には楽しいことがたくさんあるから、まだまだ人生を満喫したかった。

　家もね、特別お金があるわけじゃないけど貧しくはないし、貯金もあったし、余裕があった。まさかここまで景気が悪くなるなんて、あのころ夢にも思わなかった。私だけじゃなくて、みんなそう思ってたんじゃないかしら。

　いい時代を生きたとは思いますね。バブルの恩恵を存分に受けてきましたから、昔の知り合いにたまに会うと、あのころの話ばかりしてるもの、みんな。そして今現在の生活の愚痴になってしまう。昔、一緒に夜の街で遊んでた仲間で、昔より今のほうがいい生活をしている人なんて、ひとりもいません。

　たまに考えるんですけど、十年前、母が倒れたときにあのまま会社を辞めずにいたらどうなっていたんでしょう。でも結局、同じことのような気がします。景気が悪くなると一番先に減らされるのは娯楽にかかるお金です。旅行なんてまっ先に削られますからね。私が元いた会社でも、女性社員で残っている者はいないと聞いています。女の子はみんな、派遣の若い子ばかりらしいですよ。

本当に、私たちの世代って、どうやって生きてるんでしょう？　これからどうやって生きればいいんでしょう。若いときにいい目を見たから、金銭感覚がおかしくなったままの知り合いもたくさんいます。

バブルは残酷です。あのころはお金が有り余って、楽しいことを全て享受できた。それが永遠に続くはずがないなんてことを知らない者が多過ぎたんです。

いつまでもお金が入ってくるものだと思って、仕事もあるから、貯金なんてしない、結婚もいつだってできる――そう考えていた人間が多かった。

時代は去り、傲慢で愚かな人間たちを取り残していきました。

私はまだこうして家もありますから、食ってはいける。多少ですが、遺産もある。

でも不安ですよ、不安でしょうがない。家のある私ですらこんなに不安だから、親のいない独身の女たち、仕事のない女たちなんて本当に自殺してもおかしくないですよ。

いえ、結婚したって安定じゃないですよね。友人の中には、結婚して旦那がリストラされたとか、子どもの学費やローンで、働いてボロボロになっている者もいます。あるいは夫の借金や浮気、モラハラ、ＤＶで苦しんでいる者も。だから結婚イコール安定、ましてや幸せじゃないなんて、わかっています。

多少の遺産と家――これがこうして私の元に残されたのは運よく――なんて言ってはいけませんけれど、弟が死んだからです。

弟の貯金は全てあの女が根こそぎ持っていきました。あの女は弟に結婚を匂わせていて――本気だったんでしょうか。もし結婚したならば、この家も遺産もあの女に喰いつくされていて、私はきっと路頭に迷っていたことでしょう。恐ろしいです。

けれど、わからないのは、どうしてあの女が弟を殺したのかという理由です。

報道はあの女の容姿をあげつらうことに注がれ、世間の注目もそこばかりに集まって、一番重要なはずの殺した理由が、明確にされないままなのです。

弟の貯金はあの女のものになっているし……そこでただ弟の元から姿を消せばいいだけなのに、あえて殺す必要があったのでしょうか。

弟はね、不器用で口下手だけど、いい子なんです。だから女に騙されやすいんです。あとね、動物好きでおとなしいところがあるから、確かに女性に対しては消極的で、結婚できなかったんだと思うんですよ。

報道では「童貞で、女と付き合ったことがない」なんて言われてますけど、あれは間違いです。ちゃんと取材もしないで、しかも写りの悪い写真や、中学のときの太ったニキビ面の写真を出してイメージで決めつけて……どうして被害者である弟が世間からこんなふうに傷つけられないといけないのか、わかりません。

弟には恋人もいたことがありました。大学を卒業して獣医になってから何度かお見合いもしていましたし。女を知らないなんてことは、なかった。

これは書かないでくださいね。風俗だって行ってた様子はありましたもの。コンビニなどで売られている風俗雑誌が、部屋に置いてあったこと、ありましたから……。

だから普通なんです、普通の男。

出会いのない仕事ですからお見合いもしたけど、なかなか結婚までには発展せず、自ら婚活パーティに行きだすようになりました。

それだけならよかったのに、婚活サイトに登録して——あの女のカモにされた。

弟があの女を家に連れて来て、私は仰天しましたよ。

体重は一〇〇キロを超えているでしょうね、私の二倍ぐらいはありそうだと思いました。股ずれが痛いのか、歩くのもしんどそうでしたね。それにあの服、白くてふわふわしているワンピース、あのサイズのあんなデザイン、どこに売っているんでしょうか。髪型も、あの年齢で軽いウェーブのロングで、サイドを後ろでまとめて……顔はね、肉がついているから可愛いんだか何だかわかりませんけど、眉毛はまったく手入れされておらず黒々としていました。ううん、眉毛だけじゃない。ストッキング越しにも足の毛が黒々としているのが見えて、嫌な気分になりましたよ。ああいう女は、きっと腋毛だって手入れしてませんよ。そのくせ性欲は強そうで、気持ち悪いですよね。

もしあの女が会社の部下ならば、服装や髪型を変えるように指導します。太っているのは何ともしようがないけれど、それでも年齢、体型相応の服ってものがありますから。

あの女は、人の目を気にしないんでしょうね。特に同性、女にどう思われるかなんてことをはなから気にしていなかった。

けれど、悲しいのは自分と血のつながった弟が、そんな女と結婚しようとしたことです。付き合うだけならまだしも。

女はこの家に来て、手土産もないくせに、私が出したシュークリームを遠慮なくふたつも食べました。珈琲と紅茶とどちらがいいか聞くと、

「わぁ！　ミルクティーがいいなぁ」

なんて甘えた声を出しながら、弟の膝の上に手を置いているので、思わず顔が引きつってしまいました。

ミルクティーには砂糖を五杯も入れてましたね。

「彼女、料理上手なんだよ。ビーフシチューが得意でね」

弟が嬉しそうにあの女の話をしている間、退屈そうにしていましたよ。でも、じろじろとこの家の中を見ていましたね。冷たい目でした。うちがお金持ちかどうか物色してたんじゃないかしら。

女が退屈そうな様子を弟が察したのか、一時間もいなかったはずです。

ふたりが帰ってから、もしも弟とあの女が結婚したら「妹」になるのだと考えると、ゾッとしました。

その夜、弟から電話があったときに、あの女はダメだ、ってはっきり言いましたよ。

「お姉ちゃんは、彼女のよさをわかってないんだよ。見た目はああだけど、すごくいい子なのに。そりゃ、ちょっと天然だから誤解されるところもある。だけど……悲しいよ。僕にとって彼女は女神だ。だから、どうしても彼女と結婚したい。彼女じゃなきゃダメなんだよ」

弟は不満げに、そう言うので、私は思わず「何が女神だ！　あんなデブが！」と強い口調になってしまいました。

そのせいか、弟はそれから私に結婚の話も、あの女の話もいっさいしなくなりました。

後悔してます。私があのとき弟の話を聞いてやれば、もしかしたら危険を察知して殺されるのを止められたのかもしれない、と。今さらどれだけ悔やんでも仕方がないことですけど……ああ、ごめんなさい、つい涙が堪えきれなくて……。

弟を殺され、弟の財産も取られ、挙げ句の果てに弟がまるで男としてダメだったようにあることないこと報道され……悔しいんですよ。

これからどうなるんでしょうね、私。母とふたりきりになってしまいました。

今までは弟とふたりで母の面倒を見てきたし、亡くなってから気づいたことですが、弟は心の支えだったんです。

ふたりとも独身で、それを母は気に病んでいました。

弟の死は、母には知らせていません。ただ、最近顔を見ないのはぼんやりと気づいているから、私に聞いてくるんですよ。

私は母を悲しませたくなくて、仕事が忙しいみたいってごまかし続けています。

伝えられるわけがない、弟が殺されただなんて。

母はね、あんな状態になっても、私と弟が結婚しないのを気にしていて、今でも時おり私の顔を見ると、「嫁に行って欲しい」なんて口を動かすんです。

私が結婚できないのは自分のせいだってことをわからないんでしょうね。母さえいなければ、私は自由になれるのに。

母が倒れたとき、父はもともと何も家のことができない人であてにならなかったし、三人で顔を突き合わせて話し合って……私が仕事を辞めて家事と介護をすることになりました。

そのころ、私、会社では居心地が悪くなりつつあったんです。新しい支店長が、私より年下でした。三十九歳でやり手だとは聞いていたけれど、私とは合わなかった。

そんなときに、大きなクレームが来ました。その仕事は私が取ってきたものではあるんですけど、添乗は派遣会社の女の子に頼んでたんです。

旅行先で大変だったんですよ。お客さんほったらかしで帰ってこなかったり、人数確認せず出発して積み残したりして。

けれど、それは派遣会社がそんな子をよこすからでしょ？　でもクレームはもちろんうちの会社、私に来ます。私が担当ですから。旅行業界にはクレームなんてよくあることですよ。本来ならいちいち処分なんかされないのに。

でも、支店長は、私の打ち合わせミスだとか、事前確認ができてないとか難癖つけてきてね、みんなの前で叱責されて、泣きそうになりました。

担当も外されて……居心地が悪くてね。先のことを考えざるをえないときに、母が倒れたんですよ。だからいいタイミングでした。

本当は――まさか母がこんなに長く生きて、私が五十歳を過ぎても介護をしているなんて考えてもみませんでした。父が母より先に亡くなるなんてことも。

父は心筋梗塞です。朝起きて、冷たくなっていたんです、前日まで普通に過ごしていましたからビックリしました。

でも、まあ、こんな言い方はよくありませんが、手間がかからない亡くなり方ですよね、家族からしたらね。

もし父が母と同じく寝たきりになっていたらと考えると、恐ろしくて震えます。もっと早く母は――いいえ、そんなこと言っちゃいけませんね。

恋人はいました。三歳上で、離婚歴があって子どももいる人でした。仕事のお客さんだったんですよ。二年ほど付き合って、プロポーズもされました。でもね、前の奥さんじゃなくて、その人が子どもをふたり育てていて……。それがネックでした。

彼と結婚することは、いきなりふたりの子どもの母親になることでもあり、彼の両親と共に暮らすことだったんです。

いいえ、心の中で、もっと条件のいい男がいるんじゃないかって、この期に及んでも考えてたんです、あとになって思えばね。

けど、私が会社を辞めて母親の介護をしながら家事手伝いという身分になった途端……彼の態度が変わりました。

私は私で彼の事情の重さを感じていたけれど、彼は彼でいつ回復するかわからない寝たきりの母親を持つ女、しかも無職ですから、負担になったのかもしれません。

「君を僕の事情に巻き込むなんてできない、君も大変だから」

　そんな台詞を別れの際に出されましたけど、大嘘もいいところですよ。私への思いやりがあるふうに見せかけて、自分が逃げたくせに。

　別れたときは、未練も執着もありませんでした。実はそんなに好きじゃなかったのかもしれないし、知らない子どもの母親になることはできないから、ホッとしていたのかも。

　私の中ではね、しばらく会社を休んでのんびりして——また働きだして新しい恋愛もして——そんなふうにぼんやりと考えていました。楽観的でした。

　母は、いつまで生きるんでしょうかね、こんな状態のままで。回復することはないでしょう。

　それから恋人は、ずっといません。出会いもないし……。

　いつまで私はこうしてるんだろうって、毎日考えてますよ。不安です、怖いです、私の人生って何だったんだって。

　貯金はもう無くなりました、父の遺産を食いつぶしています。それでも、大した額じゃないから、十年後、自分が六十歳を過ぎたらどうなっているのか——死んでるんじゃないでしょうかね、長生きなんかしたくないし。だって人に迷惑かけるだけじゃないですか。

　明るい未来なんて、見えない。そんな私の唯一の希望が、弟の存在でした。

弟が可愛くてよく働くお嫁さんをもらってくれて、家事と介護をバトンタッチして……私が少しでも楽になれば、自由になれるんじゃないかって。

親戚にもよく言われるんですけど、私、早く結婚してたらよかったんですよ。

若いころに、「女」として求められているうちに、母がこんなことになる前に。

私ね、昔は可愛かったの、今からは想像もつかないでしょうけど。ずっと家にいるから化粧もしなくなったし、白髪染めもしてないし、皺《しわ》が多くておばあちゃんみたいでしょ？　昔の友達に会うとびっくりされるの、口に出さなくても、みんなの表情が「老けた」って言ってる。私も鏡見て、もうこれは男の人に求められないなーなんて思うのよ。

でも——あの女の騒動が起こって、あの女と交際して結婚を考えていた男が弟だけじゃないとわかってから、考えが変わったわ。

あんな女でも、男たちに求められプロポーズされてたのよ。

私、年はとったけど、あの女よりはマシよ。

これでも化粧して、髪もセットしてそれなりの格好をすれば、男の気を惹きつけられるかもしれない。

あんな女でも、男たちに結婚してくれとひざまずかれてたんだから。

そう考えるとね、まだ、私、生きていようかなという気にもなるのよ。

おかしな話よね。

弟を殺されて、あの女を恨んでいるのに――。

「本当に、ありがとうございました。取材を受けていただいて……不躾な申し出に応えていただいて、感謝しています」

桜川詩子はそう言って、玄関先で深く頭を下げた。

「桜川さん、木戸さん――あなたたち」

「はい？」

「どうしてあの女のことを探ろうとしているの？」

愛里香は背が高く、二人を見下ろす形になる。

最初に見たときは似ていない姉弟だと思ったが、こうしてじっくり顔を見ると、鼻の形や目がそっくりだとアミは思った。

「……わからないんです。ただ、知りたくて」

「世間がね、あの女にすさまじい好奇心を抱いているじゃない。殺人事件なんて、毎日のように起こるのに、あんな女だから、こんなにもみんなが興味を抱いて騒いで、弟までもが貶められてしまった。それは悲しいことだけど……でも……いいえ、いいわ」

詩子とアミはもう一度深く頭を下げて、高坂家を後にした。

門を出て振り返ると、まったく手入れされていない庭に草が生い繁り、この家が既に滅んでいるようにも見えた。

アミは庭の真ん中に、すっくと立っている棕櫚《しゅろ》の木がこちらを眺めているようで、不気味だった。姿は見えないのに、誰よりも私は不幸だという叫びを全身から立ちのぼらせている女の視線に追われている気がした。

お前たちの持つ「女という甘美な果実」を喰わせろと、黄泉醜女が目をギラつかせて迫ってきているような錯覚に襲われた。

＊　＊　＊

愛里香は玄関に鍵をかけ、母親が介護ベッドに横たわっている四畳半の部屋に入る。

母親は眠っているようだ。寝息を立てて、穏やかな表情を浮かべている。

幸せかもしれない、息子が死んだことも知らず、自分が娘の人生の負担になっていることも知らずに寝ているこの母親は。

愛里香は異臭に鼻をひくつかせる。おむつが汚れたのだろう。

けれど今、どうしても排泄物の処理をする気になれないのは、さきほどまでこの家にいたあの女たちの匂いが残っているからだ。

アミなのか、桜川詩子なのか、わからない。どちらでもいい。若くて美しい女と、地味な中年女だが結婚もしていて小説家なんて肩書を持っている女。自分からすれば、ふたりとも恵まれた女たちだ。

玄関にふたりが上がってくる瞬間に、いい匂いが漂い、同時に羨望が込み上げてきた。香水なんて、もうどれくらいつけていないだろう。化粧だって、もう滅多にしない。私はいろいろ諦めなければいけなかったのだ。

若いころに存分に楽しんだツケが回ってきているような気がしてならない。

あの女たちはこの家に来て私を見てどう思っただろう。臭いと思われているような気がしてならなかった。実際に、ここには死臭と老人臭がとぐろを巻いている。

私だって、あの女くらいの年齢のときは、まさか自分が男とまったく縁がなく、仕事もせず、こうして母親の介護で一日があけくれ、死ぬのを待つだけの日々が訪れるなんて夢にも思ってみなかったもの。

死ぬのを待っているのは母親だけじゃない、自分も、だ。

毎朝、鏡で自分の老いを見せつけられる度に、自分も母のようにこうして誰かの手を借りずには生きていけなくなる日が近づいているのだと考えずにはいられない。

母だって、かつての自分のように女として愛され華やかな暮らしをしていたことがあったはずなのに、今では朽ちて死を待って、娘の人生を奪う迷惑なお荷物でしかない。そして、それは、そんなに遠くない自分の姿でもあるのはわかっている。

ただ、私には子どもがいない。弟も殺され、面倒を見てくれる人が誰もいない。きっとひとりで死んで、時間が経ってから、腐臭で近所の人たちにでも発見され、「孤独死」と言われるだろう。

独身で、子どももおらず、気の毒な女が寂しく死んでいったと同情するに違いない。そう思うと、いっそ自ら命を絶ってやろうかとも考えるが、どちらにしろ可哀想だと思われるのは同じだ。

時おり、殺されてしまった弟が羨ましい。

自分で自分の命を絶つ勇気が無い者は、訪れる死を待つしかないけれど、その時間はあまりにも長い。

いつまで、私は、こうしているのだろう。

母親が横たわる介護ベッドに背をもたれさせながら、愛里香は染みのある天井をじっと見つめていた。

おむつを替えなければいけないのに、どうしても身体が動かない。母親から発せられる異臭に息を止める。

なんとか気力を震い立たせ、ふらふらと愛里香は立ち上がり、自分の部屋に向かう。

机の引き出しを開けると、長く使っていない口紅やアイシャドウがあった。

私だって、女だ。あの女たちと変わらぬ女だ――。

私、年はとったけど、あの女よりはマシよ。これでも化粧して、髪をセットしてそれなりの格好をすれば、男の気を惹きつけられるかもしれない。あんな女でも、男たちに結婚してくれとひざまずかれてたんだから――。

さきほど、春海さくらの話をしながら、かつての自分の若いころの姿が浮かんだ。

愛理香はふとフェイスパウダーをはたき、口紅を塗り、アイラインを描く。それからアイシャドウを三重に瞼に塗り、眉毛を描いた。

若いころの自分を取り戻せるだろうか、と。

けれど鏡に映る自分の顔は、派手な色を塗りたくられた気の狂った老婆のようだった。

「バケモノ」と、そんな言葉が思わず口をついて出る。

いつまで自分は、正気を保てるだろうか。

弟を殺され、いつ死ぬかわからない母のおむつを替えるばかりで年をとっていくのに、耐えられるだろうか。

毎日のように、寝たきりの母の首を絞めてしまいたい衝動にかられる。

けれどそれを抑えているのは、あの女と同じ「殺人者」になりたくない一心だ。

かつて若くて美しい女だったはずの自分は、どこでこんなバケモノに成り果ててしまったのだろうか――。

いや、みんなバケモノなのだ。

所詮、この私の醜い顔も皮一枚だ。

あの女も、今日来ていたふたりの女たちも、顔を覆う皮で内面を覆い隠してはいるけれど、中身は一緒ではないか。

そうじゃないと、あんな女に興味なんて持たないはずだ。

あいつらも、私も、春海さくらも同じだ。

愛里香は鏡を見ながら声を出して笑った。

第五章　佐藤佳代子　六十七歳　主婦

昔何度も見た夢が、正夢になった。

どうしてあんな夢を見るのか、ずっと不思議だった。

夢の中で私は妊娠していて、腹は膨れ上がり、今にも生まれそうだ。圧迫感で息をする度に苦しい。お腹の中に子どもがいるのにまったく嬉しくない、ただ不安だけがせり上がる。

なぜなら私は知っているからだ、私の腹の中にいるのが人間ではないことを。

どうして私はこの子を孕んでしまったのだろう。夫との交わりでないことだけは確かだが、他に心当たりもない。

人間ではないなら、何なのだろうか。この私の身体の栄養を吸い取る生き物の正体が、わからない。

妊娠してから、腹だけ膨れて手足が痩せ細り、髪の毛は抜け、肌も荒れて顔色も悪く、ひどく老け込んでしまった。化粧をすればするほど老いが目立ってしまうので、人にも会いたくない。

そのくせ食欲だけは異常で、けれど食べても食べても腹の中の生き物が吸い取ってしまう。貪るように、私の身体から若さや栄養を奪っていく。

腹だけが膨れ上がり、痩せ細った私を見る夫の目が、バケモノを眺めるようだというのにも気づいている。

夫は妊婦を抱かない。それは知っている。最初の子を妊娠したときから、「なんだか怖い」と言って私に触れなかったもの。

「体の中に他の命があると思うと、怖いんだ」

そう言われたのは、妊娠を告げたときだ。

怖いと言われて、私は傷ついた。女ではない、いや、人間ではないと言われた気がしたのだ。

確かに今の私の姿は、人間ではない。

何かに似ている、そう考えて思い出した、餓鬼だ。

何かの美術の画集で見たことがある、地獄の餓鬼。腹が膨れ上がり、頬がこけて骨が目立ち、手足は棒のようで、それでも貪り続ける飢えた女の餓鬼。

私の腹の中にいるのは、餓鬼なのではないだろうか。食べても食べても吸い取って満たされることのない生き物がいるのは確かだ。餓鬼を孕んだから、私も餓鬼になったのか。

そんな私を日に日に気持ちの悪いものであるかのように見る夫の目も、平気になってきた。

限界まで腹が膨れ上がり、私は自分の中のものが暴れ出すのがわかり、苦しくて悲鳴をあげる。ぎゃあぎゃあと、まるで鶏が首を絞められて殺されるときのような音を発した私の腹が、内側から尖った爪で引っ掻かれる。

私の絶叫がこだまするのは、腹が切り裂かれたからだ。肉も皮も血管も、爪と歯で喰いちぎられて、そいつがこの世に現れた。私の内臓の汁を全身に纏わりつかせ、垂らしながら。

腹を破られた私は、自分の胎内に巣くっていたバケモノの顔を見ようと顔を起こす。

私と同じ顔をした、そのバケモノと目が合った瞬間に、いつも目が覚めるのだ。

「春海さくら」の事件が起こり、報道が過熱するにつれ、あの夢が正夢になったのだと思いはじめるようになった。

＊　＊　＊

はい、初めてです、こうして取材に応えるのは。

全てお断りしていましたし、本当は今後もそうするつもりでした。

でも、こうして応える気になったのは……報道で根も葉もないことが好き勝手書かれるのは仕方がないと思って我慢をしようとは思っていましたが、罪もない私たち家族――私と、娘と息子に対しての中傷や攻撃から身を守るためです。

ええ、わかっています。死刑判決が出た者の家族……それを「罪もない」と言い切ってしまうのは、傲慢なことなのでしょう。けれど、私には見当もつかないんです、なぜ真樹があんな罪を犯したのかという理由が。

そして真樹の妹と弟たちには、本当に何の非もありません。だからあの子たちに申し訳なくて……。

真樹の妹は結婚して家族がいます。小さな子どもがふたりいて、今回の件で嫁ぎ先にまで迷惑がかかっているのが心苦しくてしょうがない。弟は独身ですが、会社を辞めました。今は知り合いの伝手でアルバイトをしていますが、せっかく苦労して入った大手企業にいられなくなるなんて、可哀想でなりません。

今でこそ落ち着きましたが、一時期はひっきりなしにインターフォンが鳴り続けて気がおかしくなりそうでした。ひとり暮らしなのに食料を買いに外出することもままならず……。

テレビもネットも新聞も見ませんし、電話にも出ません。娘とも息子とも会っていません、こちらから電話を何度かしたぐらいです。

いろいろ考えたけれど――わからないんです、わからないというのは、真樹がしでかしたことよりも、真樹がどうして私から生まれたかということです。

でもまぎれもない、私の娘なんです。ほら、顔も、似てるでしょ。あんなに太ってはいないから、ぱっと見はわからないでしょうけれど、目の形、鼻の形――真樹は私に似ているんです。だから真樹も、痩せればもっとましなんです。

ずっと取材を断ってきましたけれど、今回、受ける気になったのは、新聞や週刊誌ではなくて、作家さんだと聞いたからです。

私、インターネットとか見ないようにしてるから調べられないんですけど、有名な作家さんなんですか？

そうじゃないの？　謙遜じゃないかしら。小説家でしょ、すごいですよね。

週刊誌や新聞って嘘ばかり書くから、まったく信用できない。でも作家ならきちんと本当のことを書いてくれるんじゃないかと期待しましたの。作家って、社会的な地位があるでしょ？　知的で権威ある職業じゃないですか。政治家になる人もいるし。

芥川賞は取られてないんですか？　え、そういうのは関係ないの？　なんだ残念。まあ、いいの、そんなことは。

だってこのまま黙っていたら、どんどんと嘘が垂れ流されてしまう。

家族のことなんか当人にしかわからないことじゃないですか。

だから私は、本当はどこかで口を開く機会を探していたんです。

この事件に関するノンフィクションや、考察した本も何冊か出てるそうですね、もちろん読んでいません。その中には、母親が原因であんな犯罪者を生み出したのだとか、虐待していたのではないかと勝手なことを書かれているのは耳にしました。取材して書かれたのならともかく、私のことも真樹のことも知りもしないくせに他人が分析して、それが真実のように世間に流布しているのだと知ったときは、もう耐えられないと思いました。

この事件を利用して世に出たい人間たちの自己顕示欲の犠牲になるのはもううんざり。

そんなときに、お手紙をいただいたんです。

はい、桜川詩子さん、あなたからの取材の申し込みです。

丁寧なお手紙でしたね、それよりも「真実を知りたい」という一文に私は惹かれました。

私が言ったことを、そのまま書いてくださるとあなたが約束してくれたので会う気になりました。

桜川さん、あなたはこの事件の知名度を利用したい人間じゃないって信じてますよ。だって作家さんなんだもの。

約束してください。

嘘偽りのない、私の言葉をそのまま届けてくださると。


私も夫も生まれはこの北海道の道東、ここから出たことはありません。夫は中標津《なかしべつ》、私は釧路で生まれ育ちました。

自分で言うのもなんですが、私は育ちがいいんです。祖父が貿易業を営んでいたおかげで大きな家にも住んでいましたし、子どものころからピアノを習わせてもらってました。娘の世代ではピアノが家にあるなんて当たり前でしたけど、私たちの世代では本当に一部の恵まれた家庭にしかありませんでした。

私はそのまま短大の音楽科に進みました。音楽で身を立てようなんて気はありませんでしたけれど、正直言って他のことをするのが嫌だったのです。勉強は嫌いでしたし、働くのも気がすすみませんでした。

両親も「女の子なんだから、いいおうちのお嫁さんになればいい」と言ってくれて、そう育てられましたからね。

今でこそ不景気で結婚しようが子どもがいようが働くのが当たり前ですが、私の世代はまだ女性が一生働くために相応しい仕事も少なかったのです。結婚も当たり前にするものだと信じていました。

　短大を出てピアノ教室で働きはじめました。けれど毎日ではなく週に三日ですので、たいした収入はありません。自立なんて考えてませんでしたし、両親が短大を出て一年も経たないうちにお見合い話を持ってきてくれました。恋愛結婚なんて、私たちの世代は少ないですよ。

　女子高、女子短大でしたし、お堅い家ですから男女交際も経験ありませんでした。傷ものになるのが嫌だったんです。結婚のときに条件が悪くなるって母親から言われてましたし、男女のことに関してはとても厳しかった。

　三度目のお見合いで、夫と知り合いました。夫と会う前までの二度のお見合いは、私のほうから断りました。話が合わないというか、気を使ってくれないと感じたのです。

　夫は七つ上で公認会計士になりたてでした。もともと父親が弁護士で、本当は本人も弁護士志望だったのですが、司法試験に落ちて進路を変えたそうです。彼の父親はそのとき町会議員も務めてました。つまり、そこそこ地方の名家だったんです。

　正直言って、結婚を決めたのはそれが大きかったです。いえ、私よりも、両親が、です。私、本当に両親に可愛がられて大事に育てられたんです。苦労をさせたくないって、ずっと言われてました。苦労にはいろいろ種類がありますけど、やはり経済的なことが一番でしょ？　それに長男ではあるけれど、同居しなくていいと言ってもらえたのもありがたかった。なんでもね、あとで聞いたら、私の前に、一度、同じくお見合いで知り合って結婚を決めたけれど破談になったらしいのです。夫の母と、その女の人が合わなかったらしくて。それもあって、一緒に住まなくていいと言われました。

今でこそ二世帯住宅とか、そういう家は増えましたけど、当時は珍しいですよ。長男の元に嫁ぐのは同居が当たり前でしたから。

夫は見栄えも悪くありませんでした。ものすごく男前というのではないけれど、穏やかそうな……おとなしい男でした。夫の父である町会議員の舅《しゅうと》とは対照的でした。舅は過剰とも言えるぐらいにエネルギッシュな人でしたから。

結婚してすぐに子どもができました。はい、長女の真樹です。春海さくら——その名前は馴染みませんし、今でも別人のように思えるんです。

真樹は生まれたときから大きな子でした。四〇〇〇グラム以上ありました。夫は小柄で細身ですし、私も今では年をとって少し肉がついてきましたけど、当時はほっそりとしていましたから、こんな大きな子が生まれたのは意外でした。でも、小さくて保育器に入れないといけないよりは、よっぽどいいじゃないか、健康が何よりと当時は思っていたのです。

嬉しかったですよ、あの子が生まれたときは。私も夫も、義父母たちも手放しで大喜びしました。だから、甘やかし過ぎたんです。

利発な子でした。しゃべるのも早かったし、立って歩くのも早かった。最初の子どもだから、写真もたくさん撮りましたね。今でもアルバムにあります、もう見ることはないですけど。

あの子が五歳のときに、次女が生まれました。真樹は私に似ていますけど、次女は父親似かな、なんて話していました。息子が生まれたのはその三年後です。

妹が生まれたときに、真樹は、赤ちゃん返りしました。親の愛情が離れるのが不安なんでしょうね、赤ん坊みたいに甘えてくるんです。

そうして三人の子どもができて、真樹も小学校に入り……太ってました、写真を見ると。とにかくよく食べる子でしたし、あのころは、食べ物は残さず、たくさん食べて栄養をつけるほうがいいって時代でした。戦後の栄養失調の名残なんですよ。今でこそ食べ過ぎて太るのは不健康だって風潮がありますが、昔はとにかく残さずたくさん食べさせようとしましたからね。

それでもたいていの子どもは太らないんですが、真樹の身体は大きくなり続けました。甘いものが好きでしたから、バターケーキにクッキー……クッキーに地元産のバターをたっぷり塗って食べるのが好きでしたね。また、夫の両親が真樹を可愛がって、自分たちの味方にするために、お菓子を与えるんです。まるで餌付けするみたいに。

夫の両親の家はうちから歩いて十分ほど、少し高台にありました。真樹は小学校の帰りによくそちらに行ってたんです。私もまさか行くなとは言えませんし、下の子どもの世話でいっぱいいっぱいだったから、相手をしてくれて助かるぐらいの気持ちだったんですけど……そのせいでどんどん太っていった。

それでも子どもですからね、そのうち身体を動かすようになったら他の子どもと同じようになるんじゃないかぐらいに楽観的に構えていました。

それに——私も、そのころは、大変な時期だったんです。真樹の肥満どころじゃ、なかった。夫に、女がいました。

夫は自宅から車で十分ほどの場所に事務所を構えていました。同じく公認会計士の友人とふたりで借りていたんです。相手は、そこで雇っていた事務員です。

若い子でね、高校を卒業してすぐに働きはじめていて当時、二十二歳でしたよ。もちろん、私も何度も顔を合わせたことがあります。ぽっちゃりしてあか抜けない子で……いかにも田舎育ちで、牛を連想させる動きの鈍い子でした。ちょっとぼんやりしている印象があるけど、仕事はちゃんとしているとは聞いていましたが。

気づかなかったんですよ、私。その時点で、もう三年以上の付き合いがあったそうです。鈍いんじゃなくて、夫を信じてました。

どうしてバレたかというと、その娘の親から相談があったんです。寝耳に水でした。親御さんもね、感情的になることなく、冷静でした。電話があって、話があると言われても、何のことか私、見当つかなくて。

夫がいないときに、訪ねてこられたんです、お母さんが。「奥さんはご存じなんですか」って言われて、それでも私は何が起こっているかわからなかった。

向こうのお母さんいわく、娘の様子がおかしいので追及すると、うちの夫と付き合っているけど子どもも三人いるから離婚は難しいと言われたと泣いたらしいんです。

そう言われても他人事みたいでした。

けど、淡々と、向こうのお母さんから、うちの夫が出張と言いながらその娘と何度も旅行に行っていることや、彼女のほうは夫が初めて付き合った男で真剣になっているとか、そんな話を聞いていて、これはとんでもない裏切りなんだと徐々にわかってくると、手足の先から冷たくなりました。

「世間体とか、お互い将来もありますから、大ごとにはしたくありませんし、穏やかに解決の方向へ向けて動きたい」

向こうは心配されて、そう言ったんでしょうね。私が訴えることもできますし、不倫そのものが公になると、この田舎町では間違いなく話が広まりますから、将来に影響が出るでしょう。

私はそれまでの人生で、一番の裏切りであり、一番の課題を突きつけられました。考えたこともなかった、自分がそんな目に遭うなんて。

夫は私に土下座して謝りました。

「俺が悪い、別れないでくれ」と頼まれました。

なんでも彼女のほうも大変だったみたいです。夫が初めての男だったのにと、事務所でわめき散らしたそうです。けれど親がなんとか説得して、仕事を辞めさせて別れさせてくれました。

離婚なんて考えませんでしたけど、つらかった。子どもを三人育てるのって、並大抵の苦労じゃありません。私が頑張っていたときに、この人は若い子と遊んでいたのだと思うと許せませんでした。しかも、あんな牛みたいな女と。

初めての男——私だってそうです。私は、夫しか知りません。今にいたるまで、そうです。私たちの年代の女なんて、ほとんどそうじゃないですかね。今の若い人たちは、気軽に男女交際をするみたいですけど……考えられない。

だから……真樹が、私は怖かった。

私が産んだ、私の娘のはずなのに……あの娘は……。

事件の報道で初めて知ったこともあれば、前々から察していたこともあります。働かずに東京のそこそこいいマンションで暮らしているなんて、誰が考えても、人に言えないことをしていたって予想がつくじゃありませんか。

東京に行く前から、私は真樹が不気味でした。本当に自分の娘なのかと、今でも何度も昔のことを思い出して自分自身に問いかけます。

確かに真樹は生理が来るのが早くて早熟でした。小学三年生でしたね。準備していなかったし、学校での指導もまだだったので、本人も何が起こったのかわからなかったみたいでした。

そのときまで……真樹はたまに夫とお風呂に入ってたんです。変なことだとも思いませんでした、子どもなんだから。真樹だけじゃなくて、下の子どもたちも父親と一緒にお風呂に入っていましたし、楽しそうにしていたから。

「おい、ママ」

あの日のことは、なぜかよく覚えています。いい思い出……いいえ、違います。記憶が蘇ると、頭の中にもやがかかったようになります。同時にどしんと重いものが背中にのしかかってくるような……どうしてでしょうか、娘が初潮を迎えためでたい日であるはずなのに。

夫に呼ばれて、私が何事かと脱衣所に行くと、夫が真樹のほっぺたを愛おしそうに両手で挟んで「おめでとう」と言っている光景が目に入りました。

「ママ、真樹は、大人になったんだよ」

最初は意味がわかりませんでした。だって小学三年生です。生理のことは学校で小学四年生のときに教えてくれると周りの奥さんたちから聞いていたから——準備もしていません。

私は真樹の鏡餅を連想させる肉付きのいい身体を見ました。わずかばかり開かれた足の隙間から太ももをたどる赤いものが見えて、事態を察しました。

「まあ……早いのね」

私の生理用品を使わせるしかありません。

「赤飯だな、明日は」

私はなぜ、夫がこんなに嬉しそうにしているのかと疑問に思いました。

真樹のそのときの表情は、なぜか記憶の中から消えています。どんな顔をしていたのか、何を言ったのか……ただ、それまでは何とも思っていなかった、あの子の膨らんだ下腹部の肉の割れ目……そこから目を背けてしまったんです。

嫌な気持ちになりました。自分の子どもの、十歳にもならない、毛も生えていない性器に、どうしてあんなに嫌悪感を抱いたのか——よくわからないけれど。

「春海さくら」の報道を見ながら、いつも浮かぶのは、あの肉の割れ目です。

子どものくせに、毛も生えてないくせに、男を受け入れる穴はここだぞと存在を主張するような、肉付きのいい割れ目。

子どもの身体というより、なぜか中年女のような脂肪のつき方に思えました。

あのとき、父親とあの子が一緒にお風呂に入っていたことにも急に嫌悪感が湧きました。それまで意識なんかしていなかったのに。確かに夫は三人の子のうちで、真樹を可愛がっていました。最初の子だからか……だと思っていたんですけど……。

それでもおめでたいことだから祝おうとしつつ、どこか不安でした。

夫は妙に浮かれていて、次の日に炊いた赤飯も嬉しそうにお代わりしていました。私は内心、赤飯を炊いて祝うという行為にも違和感を抱いていました。

おめでたいことのはずです、初潮が来ることは。次の子は遅くて中学校に入ってからだったので、来たときはホッとしましたよ。

でも真樹の初潮は、私を不安にさせました。

小学校を卒業して中学校に入っても、真樹は結局太ったままで、本当によく食べました。

私も夫も太ってはいません。というよりは、私は体型を気にしていました。だってせっかく買った服が着られなくなったら困るじゃないですか。あの子の妹や弟だって、太ってはいないのに、真樹だけが風船のようにどんどん膨れ上がっていました。

ええ、何度も食べるのをやめさせようとしましたよ。家にあるもらい物のお菓子などは棚の奥に隠していましたが、それなのにあの娘は妙に知恵が働いて嗅ぎつけて食べてしまうんです。小学校から家に帰ると、まず冷蔵庫を開けて何か食べるものがないかと探すような子でした。お菓子がないと、コーヒー用の角砂糖をそのままボリボリかじったり、粉末ミルクと砂糖をお湯に溶かしてがぶがぶ飲んでいたり。

何度もやめなさいと言いました。しつけですし、心配でした。

健康状態がというよりも、みっともないじゃありませんか。

けれどあの子は私の言うことを聞かなかった。逆らいはしません、注意すると頷きはするんですが、ジトッとした目で私を見て――反省なんかしてないのがわかるんです。肉のついた瞼に押し潰されそうな目が、本当にふてぶてしかった。

いつからそうなったんでしょう。

私があれをしなさい、これをしなさいと言っても、はいと返事はいいんです。けれど従う気なんてないんです。私を馬鹿にしているのが、わかりました。

ちょうど生理が来たころから、それが顕著になりました。

思わず手が出たこともありますよ。だって、言うことを聞かないし、嫌な目で見るんですもの。殴ったというか、軽く叩いたぐらいです。長いものさしでぶったこともありました……暴力じゃありません。あのころは、それぐらいのしつけはどこの家でもしていました。だってね、本当に嫌な目で見るんですよ、私を。

母親なのに、馬鹿にされてるんです。

泣いてもうしませんと謝るなら、私もそこまでしなかったけれども、ジトッとこちらを見下しながら黙って頷くから、もう腹が立って腹が立って……。

私はそのころ、ピアノ教室の講師の仕事を再開していました。

夫の浮気の件の、あとですね。あれ以来、家にいると鬱々としてしまうので、外に出たくなったんです。週に三日ぐらいですから、そう負担にもなりませんでした。

夫ですか……あの事務員の女とはさすがに縁が切れたようですが、浮気……と言っていいのかどうかわかりませんけれど、別の嫌な出来事がありました。

出張で、札幌や釧路や東京に行く度に、風俗店に通ってたんです。知ったときは最初の浮気以上に驚愕しました。どうしてバレたのかというと領収書なんです。ああいうところでも、ちゃんと領収書が出るんですね。税理士さんからいただいた領収書の束を見ていて、奇妙に思って聞いたら、しどろもどろになるから怪しいと思ったんです。

偽名を使った会員カードも見つけたことがあります。「また一緒にヌルヌルしようね♡」と頭の悪そうな字で書かれたメッセージがあって、吐き気がしました。しかも店名が「ぽっちゃり天使の国」、つまりいわゆるデブ専、太った女ばかりの風俗店だったんです。嫌悪感で倒れそうになりました。

風俗は浮気じゃない、男だからしょうがない――そんな言い訳をされましたが、やめるとも言いませんでした。

男だから仕方ない――男だから、妻を傷つけても許されると思っているのでしょうか。

それにしても、デブ専風俗じゃなくて、普通の店だったらここまで不快じゃなかったのに。なんでしょうね、太った女はだらしないってイメージあるから、なぜそんなところをわざわざ夫が選択して行ってたのか、気持ち悪くてしょうがないんです。

夫婦の営みは、三人目の子どもを妊娠したときから無くなっていました。出産したあとも、夫が何かをしかけてくることはありませんでしたし、私はもともと自分から求めるなんてありえませんでしたから。

そういう性的なことを特別毛嫌いしたり苦手だったわけではありません。ただ……必要としなかった。

そのせいでしょうか、閉経が早かったんです。四十代半ばでしたね。楽になった……と思いたいけれど、更年期障害もひどかったんです。白髪も早くから出てきて、今はもう白髪だらけ。

どうしてこんな私から、真樹のような子どもが生まれたのか——責任が私にあるとは思えません。

報道されているような真樹の性欲の強さが、私にはまったく理解できない。はい、真樹が高校生のときに、男の人とホテルに行きお金をもらっていたと町で噂になった、つまり売春をしたと言われている話は、親として、どう言えばいいんでしょうか。

確かにあの騒動は、私の耳にも入りました。まず、夫のほうに情報が入り、夫から聞いたときは驚愕しました。

夫とふたりでね、真樹と話しました。

夫は信じていませんでしたよ、我が娘ですもの。

それでも一応、確かめなければいけません。だって、学校から呼び出されたのですから、私たちが。

夫は公認会計士で、義父は町会議員で、こんな田舎町ではありますが名士と言われる家です。ですから、もしも根も葉もない噂が流れるなら、対策を練らなければなりません。真樹だけではなく、あの子の妹や弟たちの将来にも響きますし、何よりも体面が悪いじゃありませんか。それにはまず、親である私たちが真実を知る必要があります。

「真樹、今日、学校から呼び出されたんだが——正直に答えて欲しい。疑ってるわけじゃないんだ、真実を知りたいだけなんだ。真樹が、その、ホテルに男の人と入ってるのを見た人がいるという噂が流れてるようなんだが——」

「嘘よ。そんなことするわけないじゃない」

夫がおどおど問いかけるのと対照的に、あの子は涙をぽろぽろ流してそれを拭いもせず即答して、否定しました。

けれど——私にはわかりました。噂は本当なんだって。

この子は売春をしているのだ、男を知っているのだ。あの割れ目で男を受け入れているのだと——否定した真樹の目は完全に私たちを見下していました。

嘘を吐いているのです。

もともとこの子は嘘吐きでした。お菓子を二度と食べ過ぎません、盗み食いなんてしませんと何度も私は約束させたのに、まったく言うことを聞かなかったもの。

この子の嘘はそれだけじゃありません。祖父母の家に行くと言って帰りが遅くなったけれど、実は行っていなかったなんてことはしょっちゅうあった。

嘘を吐くというのはね、相手を騙せると思っているからなんです。つまりは舐めて、馬鹿にしてるんです。

私は昔から、自分が真樹に馬鹿にされているのに気づいていましたが、私だけじゃなくて、この子は父親、いえ、全ての人間を見下しているのだ、自分はそこより高い位置にいるのだと――そう思っているのです。

夫は真樹の言うことを信じたようで、「そうか、安心した」と言いました。

男の人は、愚かです。すぐに騙されます。私は夫の単純さに呆れ、この男は馬鹿だと叫びたくなりました。

どうして真樹の嘘が、この子の正体がわからないんでしょうか。

私は夫が事務員と浮気をしていたときの記憶が蘇りました。

夫は私に「別れないでくれ」と謝りながらも、彼女をかばっていました。

うぶで幼くて、一途な子だから――そう言うんです。

そんなもの、全て作為的なものではないかと言ってやりたくてしょうがなかったけれど、抑えました。

嫉妬しているなんて思われたら嫌だもの。私が、夫の愛人の、あんな冴えない太った女なんかに、嫉妬なんてするわけないじゃないですか。

「もう部屋に戻っていいかな」

そのころで、真樹の体重は一〇〇キロ近くはあったはずです。高校に入ったぐらいから、私も真樹に体重のことを言うのをやめました。言っても無駄ですし、もう私にはこの子をコントロールできないということがわかったからです。

「真樹」

私は居間を出て、二階の自分の部屋にあがろうとする真樹を呼び止めました。ぐるりと首をまわして、真樹が振り向きます。

「なぁに」

心の底から、不愉快そうな声でした。

さきほど父親の前で見せたしおらしそうな表情とは、別人のようです。

やはりこの子は、嘘吐きです。

男の前では、媚びるのです。そして自分以外の女を見下しているのです。

男の前では「子ども」を演じるのです、無邪気で純真なふりをして男を騙す。

あの女と同じです、夫の浮気相手だった女と。

「あんた、本当に、してないの？」

階段の上から、真樹が私を見下ろしました。そのときの目――あんな冷たい目を、私は今まで見たことがありません。自分の子どものはずなのに、この子の黒目が本当に真っ黒で何も映っていないことに私は初めて気づきました。

「――お母さん、羨ましいの？」

そう言って、あの子はニヤニヤ笑みを浮かべるのです、嫌な笑みを。嘲笑されているのです。

私が言葉を失っているうちに、真樹はドシドシと音を立てて階段を踏み鳴らし、自分の部屋に戻っていきました。

呆然としながら居間に戻ると、夫は気楽そうに鼻歌を唄いながらテレビを見ています。

「しかし、嘘の噂を流されて迷惑だな。俺は信じてたけどな、真樹はそんな子じゃないって」

「…………」

「年より幼いぐらいじゃないか、まだまだ子どもだよ、あの子は」

何を言っているのだろうと、私は夫の横顔をじっと見てしまいました。

「どうした？」

「……ねぇ、あなた……前から何度も言ってるんだけどね、あの子、太り過ぎじゃない？」

夫はまたかといったふうにうんざりした眼差しを私に向けます。

「女の子はな、ぽっちゃりしてたほうが可愛いんだよ。痩せぎすだと不健康に見えるよ」

その言葉を聞いた瞬間、私は夫が以前、浮気をしていた事務員の女の姿が浮かびました。

そうです、真樹ほどではありませんが、あの女も太り気味でした。

そして「ぽっちゃり天使の国」という風俗店のカードを見つけたとき。嫌悪感を思い出し手足が震えました。

「だいたい女は痩せたがり過ぎるんだよ。雑誌のモデルとか、芸能人とか細過ぎるじゃないか。ああいうのは、連れて歩くには自慢になるかもしれないけれど、いざ付き合うと痛々しいって男は思ってるよ。真樹は確かにちょっと太り過ぎかもしれないけれど、鳥ガラみたいに痩せてるよりマシだよ」

私は吐き気がこみあげてくるのを必死で抑えていました。

「でも、食べ過ぎよ、あの子。合う服がなくて、お金もかかるし大変なんだから」

「まだ子どもなんだからさ、好きに食べさせてやれよ。ダイエットなんてして身体を壊したらどうするんだよ」

子どもなどではありません。あるわけがない。

真樹は小学生のときから、既に大人の女でした。

この人は、同じ家に住んでいてどうして気がつかないのでしょうか。真樹がこっそりと、大人の女性向けのいやらしい漫画を隠れて読んでいることや、どうやって手に入れたのかわからないけれど、赤や黒の下着をつけたり、時おり洗面所や台所の鏡の前で、男が好きそうな表情をつくっているのを。何をしているか考えたくないけど、夜にいやらしい声が真樹の部屋から聞こえてくることもありました。

夫しか男を知らない、もう何年もセックスしていない、若い女に浮気をされた私のことを馬鹿にしているこの子が、子どもであるはずがありません。

だからね、私は母親ではあるけれど、あの子が自分の娘だと今も思えないんです。

高校を卒業して、東京に行ってくれて、ホッとしました。我が家は普通の家庭に戻りました。

でも——あの子が三十歳になる前に、夫が死にました。

東京で、亡くなったんです。

真樹に会いに行ったんです、仕事のついでらしいけれども。

驚いたのは、夫が真樹に会っていたのを私、知らなかったんです。いえ、父親が娘に会うことなんて当たり前ですから……でも、何も聞いてなかった。あとで知ったんですが、夫は東京に行く度に真樹の部屋に行ってたのです。でも、そんな話、一度も話してもらったことがなかった。おかしいでしょ？　どうして隠してたのでしょうか、内緒にしてたんでしょうか、どうして——。

夫が私に隠れて真樹の部屋に何度も訪れていたのを知ったときに浮かんだのは、「女の子はな、ぽっちゃりしてたほうが可愛いんだよ」と、嬉しそうに夫が発した言葉です。夫は池袋駅のホームから落ちて電車に轢《ひ》かれました。酔っぱらってたから、足元をふらつかせた挙げ句の事故という扱いになりました。池袋駅の人混みに慣れてなかったからかもしれません。

直前まで真樹の部屋にいて、ホテルに帰ろうとした途中の出来事でした。事故です、自殺ではありません。自殺する理由がないんですもの。けれどね——これだけは、書かないでくださいます？私が、ずっと勝手に思っていることに過ぎないから。

真樹の事件が発覚したときに、私は夫を殺したのは真樹じゃないかと一瞬、疑いました。だってあの子、夫の通夜も告別式も、ハンカチを目にあてていたけれど、涙なんか出てなかった。他の人は気づいていないけれど、私にはわかりました。嘘泣きなんです。それどころか嬉しそうに見えたのは、錯覚でしょうか。

いえ、でも。

真樹が逮捕されて、たくさんの男の人を殺した容疑がかけられていると知って、その気の毒な方たちの写真を眺めていたときに、私はそこに一瞬、夫の顔を見たような気がしました。

夫が真樹を愛おしむ優しげな目や、夫にまるで恋人のように甘える真樹の声。

そして、真樹の、私に対する優越感が込められた蔑《さげす》む眼差し、売春を問いただしたときの「お母さん、羨ましいの?」というあの言葉。

ええ、気のせいですよ、思い過ごしです。

そう思い込もうとしていたのに、あの事件で——。

ねぇ、ついお話ししちゃったけど、これだけは書かないでね、絶対に書かないでくださいね。

真樹が人を殺していようが、そんなことよりも、夫と真樹の間にあったことが世間に知られたら、本当に、私は、おしまいだから。

お願い。私がさっき語った、ありのままを世間に伝えてくださいね。

私は悪くないんです、親としてきちんとあの子を育ててきたんです。

だから、私のせいじゃないんです、私にはあの子が理解できないんです。

あの子があんなふうになったのは、私のせいじゃない。

たとえあの子が犯罪者だったとしても、私に罪はないのだということを、世間に伝えてくださいね。

第六章　木戸アミ　三十六歳　フリーライター

　春海さくらこと佐藤真樹の母親に会うために羽田から中標津空港に向かう飛行機は本数が少ないせいか、席はぎっしりと埋まっている。

　親子連れが何組かいるので、賑やかでどうやら眠れる状況ではなさそうだとアミは思った。子どもが嫌いなわけではないが、疲れているときは泣き声が神経に障る。

「ねぇ、アミさん」

　詩子も眠れないのか、話しかけてきた。

「はい？」

「なんであなた、そこまであの女に興味持つの？」

アミは詩子のほうへ顔を傾ける。

「あなただけじゃない、世間の春海さくらに対する関心は異常よ。一般の人だけじゃない、学者やフェミニスト、メディアで何かを発信している人たちの春海さくらの事件への熱狂ぶりは」

アミは少し鼻白んだ。誰よりも興味があるくせに、自分だけは違うんだと言わんばかりに人を異常呼ばわりするのか、この女は。

「桜川さんだって、関心があるでしょ」

「あるけど……私からしたら、あなたは高学歴で、美貌もあって、独立してライター、編集者っていう、世に出たい女性がなりたくてたまらない憧れの仕事をしてて、おしゃれで、ブランド品にも詳しいし、実家だってそこそこいいおうちでしょ？」

詩子の言葉の中には、「あなたは私のように苦労したことないんでしょ」というニュアンスが含まれているようにアミには思えた。

「……まあ、そうですね」

「私からしたら、すごく恵まれている人に思える。私だって、あの女があそこまで男に求められ貢がれるのには驚きはするけれど、腹は立たない。だって、ああいう人、いるもの。でも、直接関わりがないはずのあの女に対して本気で腹を立ててる人が、世間には多過ぎる」

「そうですね」

「嫉妬って、自分よりも上の人にするもんじゃない？　でも、どう考えてもあなたのほうがあの女より上よ、社会的にも、女としても」

アミは黙って紙コップに入れられた機内サービスの珈琲を口にする。

「気を悪くしないでね。私、不思議なの。周りにあなたのような美人で仕事もできて人当たりもよくて経済的にも困っていない、友人も多く遊びも知っている女性って、結構いるんだけど……なぜか乾いてるの。満たされない、満たされないって、飢えてる人が多い」

「桜川さんは、飢えてないんですか」

アミは詩子のほうを見ずに、そう聞いた。窓のほうに顔を向けているが、雲で眼下には何も見えない。

「飢えてる。飢え過ぎてて毎日苦しい。じゃないと、小説なんか書かない。でも、それは私の劣等感や欠損の深さ。あなたたちの飢えとは、種類が違う。あなたたちは何に飢えているのか、何故満たされないのか、正体がわからない」

詩子はそこで言葉を止めた。

「春海さくらって、すごいなとは私も思うけど、ああなりたいわけじゃないのよ」

「私もそうです」

「仕事をせずに、複数の男の人から金を詐取する生活、私にはできないし、したいとも思わない。そんな不安定で未来のないこと、今さらできない。自分で稼いだお金しか信用できないし――そもそも男を信じていないから」

「春海さくらは、男を信じてるんでしょうか」

アミが問いかける。

「男を愛してはいないわよね、だからとことん利用できる。そういう意味では、信じてるのかも。信じていないと、利用なんてできない」

利用か――詩子の言葉にアミはひとりの男の顔を思い浮かべた。

誰にも話せないし、詩子にもこれだけは言えない。

自分が結婚しようとしていた男を、あの女に取られただなんて。

高坂愛里香の殺された弟が、自分と付き合っていたことを。

＊　＊　＊

まさか自分をふった男の顔とテレビの画面の中で再会するとは思わなかった。

自分がふった男ではなく、ふられた男。しかも、アミにとっては腹立たしい屈辱的な体験だ。

薄くなりかけた前髪、人の好さそうな細い垂れ目、男前とは言い難いけれど、もし友人に紹介していたら「優しくて誠実そうな人ね」と言われたに違いない。服装のセンスもいまいちだったが、そんなのは自分が何とでも変えられると思ったものだ。

口数の少なさも、理屈が達者で弁が立ち、嘘を吐く男たちの中で生きてきたアミからしたら新鮮だった。結婚するならつまらないかもしれないけれど、これぐらいの男のほうがいい。

正直な男だった。婚活パーティで知り合ったアミを「美しい」「チャーミングだ」「知的だけど色っぽい」とストレートに称賛しまくってくれた。そこに打算がないのがよかった。

結婚するなら見かけはいまいちでも正直で誠実で真面目で、安定した収入のある男がいいと女同士でよく話していたから、高坂則夫はぴったりの男のはずだった。

それにしても、まさか半年ぶりに、その男の顔をテレビ画面の中で見るなんて――。

髪の毛をきっちりと内巻にスタイリングした女性アナウンサーが「死亡した高坂さんは、四十七歳、獣医――」と言葉を続ける。

死亡――その言葉と男が結びつくのに少し間があった。

アミはその事件を伝えるニュースが終わると、ノートパソコンの画面をインターネットに切り替えて、ニュースの画面に現れた女の名前を検索した。

パソコンに無数に現れた女の写真は、自分が想像していた女とはあまりにもかけ離れたものだった。

一時期は結婚するつもりだった男が死んだというのに、悲しみの感情はまったく湧かず、女の姿の衝撃に眩暈《めまい》がした。

こんな女に私は負けたのか——。

湧き上がる感情は怒りに近かった。

それにしても、殺されたなんて、どういうこと——。

何かを察したのだろうか、飼い犬のチェリーが鬱陶しいほど足に纏わりついてきた。


アミには、三十五歳という年齢がひとつのタイムリミットだという焦りがこの数年は確かにあった。だから結婚しようとしたし、仕事でも様々なジャンルを模索して必死だった。

東京で生まれ、短大までエスカレーター式の私立のそこそこ名門と呼ばれる女子中、女子高、短大に入った。短大卒業間際に名前を聞いたら誰もが「頭いいんですね」と感嘆するであろう私立大学の編入試験を受けて合格した。成績はずっとよいほうだったが、編入試験は難関だったので最大の努力をした。

マスコミ志望だったが、就職難で苦労もした。結局、卒業して一年間、知り合いの伝手で小さな出版社にアルバイトとして働き、翌年正社員になった。

「知り合い」というのは学生時代にアルバイトをしていたクラブの客の広告会社の男だったが、それは誰にも言ってない。「女を使った」とまるで身体を売ったかのように言われてしまうのが面倒なのだ。その男とは、一度も寝ていないのに。

マスコミの女は特に「女を使う」ことに敏感だ。同性に敵を作るのが一番厄介なので、異性よりも同性に嫌われないようにするのに必死だった。

正確に言うと、一度誘われたけど逃げたのだ。そのあと、しつこくもされなかったので気にはしていない。

その出版社はアミが二十五歳のときに倒産して、上司であった男が作った編集プロダクションに所属した。

上司とは以前から不倫関係にあった。三十歳前で結婚という言葉が目の前にちらついて焦ったアミが、「いつになったら奥さんと別れてくれるの」と詰め寄ってものらりくらりとかわされ、挙げ句の果てには妻と自分以外にも、仕事で関わっていたアミも知っている女性タレントや編集者とも関係があると知って激怒した。

君には僕なんかより、もっと相応しい男がいるよ——そんな都合のいい言葉で別れを告げようとした男に対して怒りのあまり、その妻へ何もかもバラしてしまおうと自宅に電話をかけた。

けれど妻の反応は予想外のものだった。

落ち着いた声で「あなたのことも他の女性のことも以前から存じております。ご迷惑をかけて申し訳ございませんね。でもあなたも子どもじゃないんだから、既婚者と交際するということがどういうことか認識されていなかったのかしら」と、慣れた口調で返された。

「私、騙されたんです――あの人、私のことを愛してるとか好きだとかずっと一緒にいたいって言ってくれてたのに……」

と恥も外聞もなく泣きながら訴えてもみた。

「けれど正式に結婚の約束をしていたわけではないんでしょ？　もしあなたがこれ以上、騒がれるのでしたら、あなたは被害者ではなく訴えられる側だということを、よくお考えになってくださいな。あなたの将来のために。まだお若いんですから、自分を大切になさってね」

アミは初めて上司の妻を怖い女だと感じた。それまでは正直言って、夫に守られのうのうと暮らす普通のおばさんだと舐めていた。

まるでこちらを思いやるような言葉を並べているけれど、脅しているのだ、この女は。

悔しいけれど引き下がるしかない。確かに上司とは結婚の約束などはしていない。「ずっと一緒にいたいね」とアミが言うと、「うん、俺も」と返されたぐらいだ。あの男も慎重で巧みだったのだ。つまりは自分に没頭していなかった。その程度の存在だったのだ。

これ以上大騒ぎしても、損をするのは自分だということがわからないほど馬鹿ではない。この業界で自分の名前で仕事をしていく上で、めんどくさい、ややこしい女だという噂が広がるのも困るし、「不倫」を嫌悪する人間も世の中には多い。男の妻の言うとおり、自分は被害者のつもりでも、世間はそうは思わないだろう。

アミは男が経営する編プロを離れ、二十九歳でフリーライターとなった。男は手切れ金のつもりなのか幾つかレギュラーの仕事を紹介してくれたので、早いうちから筆一本で食べていけるようにはなった。

けれど、男から与えられた仕事だけで満足できるわけがない。何でもやりますと営業をかけて仕事を増やしたのは、自分自身の努力だ。

四年制大学に編入したときでも、「絶対に無理」と言われる難関を努力で突破したのだ。自分の努力を信じてひたすら頑張ったのは、男も、男の妻も、自分たちの関係を知って笑った連中も見返してやりたかったからだ。

よく人にも言われるが、自分は世の中では「美人」と言われるほうだと思う。日ごろのカロリー計算とヨガとジム通いでスレンダーな身体を維持しているし、化粧も女性誌で研究しているせいか上手だ。

世の「美人」は、ほとんど自己演出と化粧でつくられる。顔立ちそのものは地味で特別整っているわけでなくとも、化粧と服装、そして所作、何よりも「美人に見せよう」という心持ちと努力があれば、よっぽどのことがなければ「美人」だとの印象を持たせることぐらいはできる。それはほとんどの女が意識して振る舞えばできることだ。

アミはフリーライターになってから人前に出る機会を増やしていった。女性誌にはレベルの高い容姿の女がひしめいているが、男性誌などでは自分程度の「よくいる美人」でも「有名大学卒の才媛ライター」として顔を出せば喜ばれもする。

もともと学生時代は好奇心で三か月だけクラブホステスのバイトもしていたし、「女」を売りにすることには抵抗がない。男に捨てられて背水の陣だからと、親や友人には見られたくないようなエロ関係の記事なども署名で書いたし、ホステスをやっていたことも自分から表に出していった。

顔を出して「高学歴でホステス経験もあり、美人でセックスの体験も語れる」、そんな肩書でもらえる仕事が、数年前は予想以上にあった。

男性経験は人並み程度でも、盛って体験を書いたり語るのも望まれたらいくらでもできる。

とにかく、必死だったのだ。

努力の結果、収入も増えて、少しは名の知れたライターになったつもりでいた。けれど、そんな生活を二年ほど送ったある日、ふと虚しさが込み上げて鬱状態になった。仕事の単価が下がってきており、将来が不安でたまらなくなったのだ。

何よりも、自分より若くて美しくて過激なことを書ける同業者が次々と現れるのが、つらかった。表面上では「女子会」を開いたりして仲よくしていたが、逆にそれがストレスになったようだ。様々な肩書や武器を持つ、若くて美しい女の物書きが死体に群がる蛆虫のように次々と現れる。頑張って、努力して、払いのけても次々と自分を追う者たちは後を絶たない。

自分が年をとり、若さや美貌の価値が落ちていくのをその度に痛感する。いや、それ以上に「飽きられた」のを自覚せざるをえなかった。

鬱になる決定的な原因は、初めて本を出せるチャンスが無くなったことだ。『愛されてお金持ちになるミラクルメソッド50』という本の企画が通り、話が進んでいたのだが、さあ原稿を書きはじめようという段階で、信じられない話を編集者にされた。「木戸アミ」ではなくて、帰国子女で、有名企業の重役の令嬢ながらも奔放な性体験を売りにしているタレントの女を筆者にしてその本を出さないか、と。要するにゴーストライターだ。

ゴーストライターが嫌なわけではないし、過去にやったことも何度もある。けれど、生まれて初めて出す自分の本、「木戸アミ」として処女作となる企画だったのに――それが屈辱的で、話を断ってしまった。

自分のような、少しばかり美人で高学歴で性的なことも書ける――そんな女はごまんといて、使い捨てられる存在なのだと思い知らされた。

くわえて自分が編プロで働いていた際の後輩だった「椿まな」という女が、入社時は地味な女だったはずなのに、いつのまにか「美人ライター」になって、顔出しの取材をたくさんこなしていた。今まで自分がやっていた仕事をどんどん取って、著作も出すと聞いたのがとどめを刺した。椿まなにも、かつての不倫相手である上司が手を出したのを知っていたから、なおさらだ。

「整形のくせに」

後輩が、それまで自分がしていたような内容の仕事をしているのを雑誌で見かける度に、そう叫んでやりたい気持ちが湧き上がった。

鼻筋と目の大きさが、明らかに昔と違っている。女性誌の整形美人たちの座談会などの構成の仕事もしたことがあるのですぐにわかる。

作り物の美貌の女に仕事も男も取られるなんて――そうやって嫉妬の念が湧き上がるごと

に自己嫌悪に陥る。自分だって化粧と自己演出でつくられた「美人」に過ぎないのだし、プチ整形などそこらじゅうの女がやっているものではないか。若さと美貌だけで得ていた仕事など、いくらでも代わりがいる。そして「代わりのいる仕事」しかできないのは自分の実力不足なのだ。

嫉妬なんてしたくない、醜い感情だ。

でも湧き上がってくるのを抑えきれない。

自分を捨てた男は相変わらず同じ業界で仕事をして順調らしいし、その妻も、その他の女たちも自分を嘲笑しているような気がしてならない。

アミは身体と心のだるさを感じて心療内科に行くと、軽い鬱状態だと診断されて抗鬱剤を処方された。

病気だと医者に言われると、気分が楽になった。

アミの父親は上場企業に勤めるサラリーマンで、そこそこ裕福な家庭だったので何の不自由もない暮らしをさせてもらっていた。それでも「お嬢様」というほどではない。そう言われる学校に通っていただけで、もっとお金持ちの学生はたくさんいた。

両親と弟がいたが、両親は定年退職して父の実家がある鹿児島に家を建て、そちらに行ってしまった。もといた八王子の家には、結婚した弟が妻と子ども三人とで暮らしている。しかし弟家族とはそりが合わないし、子どもも可愛くないのでほとんど交流がない。だからもう頼れる肉親も、帰る家もない。自分で自分を養って生きていかねばならない。詩子はアミをよく「恵まれている」と言うけれど、そんな甘い状況ではない。夫も実家もあり、小説家としての仕事も途切れない詩子のほうがよっぽど恵まれているくせに。

心療内科の診察で軽い鬱だと診断されたあとに、ふと「結婚しよう」と思った。この状態を脱するには、自分の力だけではどうにもならない。

もうそれしかない気がした。逃げだと言われても、かまわない。仕事は続けたいけれど、安定も欲しい、それならば結婚したい。収入の安定だけではなく、それ以上に心の安定が欲しい。結婚したい、自分を大切にして、「ここにいて欲しい」と望んでくれる人と暮らしたい――そんな衝動が湧き上がった。

不倫していた上司と別れてから短い期間で男との付き合いも何度かあったが、長続きしない。遊び人の業界人にのめり込みかけたけれど、複数の女の中のひとりにしか過ぎないのを思い知らされると、またつらくなって自分から去った。言い寄ってくる男もいないことはなかったし、プロポーズされたこともあった。しかしその男の希望どおり専業主婦になるのは自分では無理だと思った。

自分は東京でしか生きていけない女だとアミは思う。

東京で、これからもメディアの中で生きていくしか、できない。

専業主婦や、地方に移住したりなんて、考えられない。

仕事は続けたい、成功したい、世に出たい——。

浅はかで愚かで、ひとことで自分を称すると「ミーハー」だということも自覚している。学生時代にクラブでバイトしたのだってお金に困っていたわけではなく、そのころ、水商売出身の女の物書きがもてはやされていたからに過ぎない。全て自覚はしているのだ。大して才能も覚悟もないくせに、中途半端な野心だけはあることも。

そんな女が東京にはたくさんいて、表面では仲のよいふりをして、限られた席の取り合いを水面下でしているのも、自分はそこから漏れてしまいかけているのもわかっている。売れっ子の女性ライターやコラムニストたちに比べると、自分は善良で正直者なのだ。本当は夫がいるのに「おひとりさま」アピールで独身女性の共感を呼んでいる女や、モテて常に男がいるくせに「彼氏ができない」と男の気を惹いて仕事を得ている女たちの「上手」さを目の当たりにする度に、自分はそこまで嘘が吐きとおせないと思う。

だから、結婚したかった。安心と安定が欲しい——ううん、自分だけを愛してくれる男が必要だった。この先、一生ひとりで戦って生きていかねばならぬかと思うと、不安で胸が苦しくなる。そこまでの才能もエネルギーも、嘘を吐きとおし読者を騙す度胸も無いのだから。

　手っ取り早いだろうと婚活パーティに行くことにした。仕事にもなりそうだと企画書をネットの女性向けサイトの担当に見せると通ったので一石二鳥だ。男に困っているのではない、仕事だという大義名分も必要だった。

　そうして婚活パーティに通い出し、三度目のパーティで知り合ったのが高坂則夫だった。テレビ画面の中で再会した男だ。


　立食パーティとはいえど、企業の新作発表会のパーティよりも料理はかなり貧相だ。会費を八千円も払ったのに。アミは六十人ほどの人がひしめくホテルの宴会場の隅で、赤ワインを飲みながら見渡していた。

　光沢のあるブルーのワンピースのウエストを黒く太いリボンで締めて、細さを強調した。膝上のスカートからのびる脚の形のよさには自信があるし、七センチのヒールも効果があるだろう。ピアスはおとなしめのパールで、ノースリーブのワンピースの袖から剝き出しになった二の腕は筋トレのおかげで弛みはない。若く見られるために化粧は控えめにした。

「三十代の女性、四十代の男性」対象のパーティであったが、若く見えたほうが得なはずだ。

それにしてもロクな男がいない——覚悟はしていたが、アミはうんざりした気持ちが湧き上がるのをこらえきれなかった。

容姿はましでも、話してみると口下手で会話が成立しない男も多い。お前は今までの人生、何をしてきたのだと問いかけたいほどだ。

その中で「まし」だったのが高坂だ。四十七歳の獣医で、独立開業をしている。

「動物が、特に犬が好きなんですよ。それで獣医になったんです」

アミも前の男と別れてから室内犬を飼いだした。それが今もいるチェリーだ。最初は寂しさを埋めるためだったが、今では可愛くてたまらない家族のような存在だ。ブログやツイッターにも毎日のようにチェリーと自分の写真をアップしている。

最近のチェリーの不調を相談して、そこから高坂と話が盛り上がった。

「どうしてチェリーって名前をつけたんですか？」

そう、聞かれた。

「桜の花が好きなんですよ。色も好きだし可愛らしいでしょ。女子中、女子高、短大と一貫教育だったんですけど、校章が桜の花で、門のところに桜並木があって綺麗だった。女ばかりの環境だったから、桜って私にとって、女の子、少女のイメージなんですね。可愛らしい、女の子。うちの子、可愛い女の子だから、本当はそのまんま『さくら』にしたかったけど、その名前のペットって、たくさんいるでしょ？　だからチェリーブロッサムから取って、チェリー」

アミがそういうと、高坂は「あなたも可愛い女の子ですよ」と、楽しげに言ったが、その響きに媚も嫌みも感じられないのには好感が持てた。

聞けば高坂の父親は既に亡くなっている。母親は数年前に倒れて寝たきりだったが、独身の姉が自宅で介護しているらしい。

「動物が可愛過ぎて婚期逃しちゃったんです。動物が苦手な女性とは結婚できないし……」

真面目で不器用そうだが、いい人だ——アミはそんな印象を受けた。

連絡先を交換して、一緒に動物園やドッグカフェに行った。高坂は酒も煙草もやらないので、アミは高坂の前では煙草を吸わないようになった。

「最初は派手な人で世界が違うんじゃないかと思ったし、すごく綺麗だからまさか自分なんて相手にされないだろう、彼氏がいて冷やかしで来てるんだろうなって疑ってたけど、こうして話すと、とてもきちんとした方だと思いました」

三度目のデートは新宿の高層ビルにある老舗のフレンチレストランを高坂が予約してくれた。常に最新スポットをチェックしているアミにとって、店選びのセンスは60点といったところだったが、悪い気はしない。向かい合って食事をしたときに自分を眺めてそう口にした高坂の目は、明らかに恋心を抱いていると確信した。

「失礼な質問かもしれませんが、どうしてあなたみたいな方が婚活パーティに？　あなたはいい大学も出てらっしゃるし育ちもいい。綺麗で、才能をいかした仕事も持っていらして、非の打ちどころがないじゃないですか」

高坂の言葉が心地よかった。男性にそこまで称賛されるのなんて、ここ数年ほとんどないことだ。アミのいる世界には、自分より若くて可愛らしくて何よりも才能のある女たちがごまんといるのだから、そこで特別視されることは滅多にない。

ただ、「きちんとした方」と言われるのだけは違和感がある。不倫もしたし、酒に酔ったはずみで一度だけセックスした男などもいる。

高坂には本名の「山田亜由美」で接していて、雑誌などの記事を書いているとは言っているが「木戸アミ」というペンネームは告げていない。今はなんでもネットで検索される。「木戸アミ」で検索すると、おそらくこの真面目で女性経験の少なそうな男が敬遠するような情報も出てくるだろう。

高坂の知らない「木戸アミ」は仕事で、誇張しているとはいえ自らの性体験を書いて、セクシーな服を着て「元ホステスライターの赤裸々体験談」なんてタイトルで男性誌に登場したこともある。

おそらく高坂はまさか童貞ではないにしろ、女性経験は少ないのではないかと推測している。だからこそ、アミは気をつけて振る舞っているつもりだった。

「正直言いまして、この年齢ですから恋愛経験もあります。でも、タイミングも外してなかなかいい人に巡り合えなくて……それに自分と違う世界の人と出会おうとしたら、ああいうパーティが一番合理的だなって思ったんです」

取材も兼ねて——なんて口には出さない。

「そうなんですね。不思議だなぁ、亜由美さんのような素敵な女性が……でも、ラッキーです、こうして出会えるなんて」

もうひと押しだと、アミは身体の奥からジワジワと達成感が込み上げてくるのを感じた。

プロポーズされるのは時間の問題だ。

高坂は男として魅力があるとは言い難いし、寝たきりの母親がいるのも気にはなったが、何と言っても獣医という職がある。独身の姉が母親の世話をしているなら問題はないだろう。

高坂とは、一度だけ寝た。

まったく手を出してこない高坂に苛《いら》ついて、アミから誘ったのだ。

正直、高坂に対して性的な欲望を抱けなかったけれど、つなぎとめたい気持ちもあったし、男とセックスのない関係を維持するのが不安だった。

「酔っちゃった……もう歩けない」

「亜由美さん、大丈夫ですか」

「ごめんなさい、高坂さん……一緒にいてもらっていいですか」

我ながら古典的であざとい方法だとは思ったのだが、そうやって泥酔したふりをして身体を寄せた。予想どおり、高坂のように女慣れしていないだろう男には効果があった。

「困ったな……」

戸惑いながらも、高坂は確かにあのとき欲情していた。

ラブホテル街にほど近い料理屋を予約したのはアミだ。そのままもつれ込むように、ホテルに入った。

性器の大きさも普通。つまらない、気持ちもよくないセックスだったけれど、とりあえず高坂が普通の女と寝られる能力があるのは確認できた。

不器用さも、自ら動くことをしないのも、慣れてないので戸惑っているのだろう。

緊張のあまり勃起しない男も世の中にはいるのだから、できただけ上等だ。

この日のためにアミが用意した海外のブランドの高級下着にも、ほとんど関心がなさそうだった。ただ、「すごい下着ですね、初めて見た。なんかＡＶ女優みたいですね」と言われたときは興ざめだった。

性的には決して喜ばしい相手ではないけれど――これから何とか育てればいい。

今、自分に必要なのはセックスとか、恋愛ではなくて、安心、安定をもたらしてくれる「結婚」なのだから。

誰もが「恋愛と結婚は違う」と言うが、自分もそれは三十歳を過ぎて痛感している。たとえばあの不倫していた上司とでも、当時は結婚したいと願っていたが、家庭を妻にまかせっきりで自分は外で遊んでおり、罪悪感もない男と結婚していたら不幸になっていたに違いないと今ならわかる。

だから高坂でいい。いや、年はとっているし、男として魅力的とは言い難くても獣医という肩書は捨てがたい。女友達には「チェリーの主治医だった」とでも言おうか。まさか婚活パーティで知り合ったとは言えないし。

高望みなんかしてたら一生、結婚なんかできやしない。周りを見ても、それは思う。「結婚したくてもできない女たち」は、望むものが多過ぎるのだ。自分も今まではそうだったかもしれないけれど、もうそこからは卒業したい――。

そう、思っていたのに。

高坂から別れを告げられたのは、そのわずか半月後だった。

『君の大好きな表参道のお店のクリームパン、たくさん持っていくからね！　たくさん食べてね！　美味しくものを食べる君の姿を見ていると幸せな気分になれるんだ』

高坂からそんなメールが送られてきたのは、アミが締め切り前の原稿に追われて栄養剤を飲みながらパソコンに向かっているときだった。

いきなり入ってきた仕事だったが、広告がらみで原稿料がいいので引き受けてしまった。月末で他の仕事もあり、昨夜も二時間しか寝てなくて目の下にクマができているが、無理してでも仕事は受けたかった。「結婚したいって彼に思わせる魔法のコスメはコレだ！」という、いつもの調子の記事だ。

クリームパン？　アミは高坂からのメールに首をかしげる。アミは甘いものは好きだけれど太りたくないので積極的には食べない。しかもクリームパンなんて炭水化物と糖分の塊だ。もう数年、口にしていない。

高坂とは、少しばかり強引にラブホテルで関係を持った日以来、会っていない。アミも締め切りで忙しかったたし、なんだか自分のほうから誘うのは焦って飢えているみたいで嫌だったのだ。高坂と関係は持ったにせよ、惚れていると勘違いされたくない。ああいう女性経験の少なそうな男ほど、女が自分に惚れていると思い込むと、傲慢になりがちなのは経験から知っている。

『ここのクリームパンのカスタードクリームはね、北海道の牧場の牛乳を使った生クリームと、バニラビーンズがたっぷり入ってるんだ。一日三十個限定だって聞いてたから、朝、急いで買いに行ったよ。もう行列ができてたけど、男ひとりでちょっと恥ずかしかった。でもさくらさんのためならなんてことない!!』

そこで初めて宛先が間違っているのだということにアミは気づく。

さくら？

誰？

足元にチェリーが纏わりついてくる。

高坂に他に女がいるなんて考えたこともなかった。あんなパッとしない男……。

姉がいると言っていたから、「さくら」というのは姉のことだろうか。姉だとしても気持ち悪い。まさか。

『亜由美さん！　すいません！　間違えました！　忘れてください！』

こちらが何か返信する前に、高坂自身が気づいたらしくてメールが来た。

アミはどう返事をしようか迷っていた。ひたすら腹立たしい、こんな仕事が切羽詰まったときに、能天気な間違いメールを送りつけてくるなんて。

『亜由美さん、ごめんなさい』

続けてまたメールが来た。無視しているとまた来るのだろうか、鬱陶しい。

『もう隠しておけないな。いつかはバレることだから。亜由美さんには大変申し訳ないけど、僕、もう亜由美さんとは会えない』

「はぁ？」

思わず声が出てしまう。どういうことだ。

『あの、意味、わかんないんですけど』

アミはそれだけメールを打って返信した。

電話しようかと思ったけれど、今、仕事が切羽詰まっているときに集中力を掻き乱されたことが何よりも不愉快だし、高坂の声を聞くとさらに怒りが込み上げてきそうだった。

『素敵な人に出会ってしまったんですよ！　彼女が他の女性と会うのを嫌がるので亜由美さんとはもう会えませんが、せっかく親しくなれたのに残念です。亜由美さんのことは素敵な女性だと思っていますよ！　あなたみたいに美人で自分の仕事も頑張っている方ならいくらでも素敵な出会いがありますよ！』

アミはすぐに送られてきた高坂からのメールに呆然とする。

ようやく状況が見えてきた。

私は今、この男に捨てられようとしているのだ。

やはり電話をかけるべきなのだろうか。捨てられるにしてもメールのやりとりで、しかも間違いメールがきっかけでなんて、あんまりだ。

『亜由美さんなら、僕じゃなくても素敵な男性が現れるでしょうし……。でも、ちょっと心配なんですが、亜由美さんて、痩せ過ぎじゃないですか？　普段もあんまり食べられないですし』

こちらが戸惑っているうちに、どういうつもりなのか高坂からのメールが弾丸のように連投される。

焦っているのか、単に無神経なのか、それともよっぽど気分が高揚していろのか。けれどこちらの体型の話なんて、余計なお世話だ。

アミの服は七号サイズだ。一時期、九号になったのを節制して落としたのだ。それでも自分は普通だと思う。「よくダイエットなんかする必要はない」とは言われるけれど、若いころよりも少し肉はついたし、何よりも太っている自分が許せないから頑張っているのだ。それに芸能人が着ているようなブランドの服はたいていいサイズが小さめだ。ダイエット記事も書いているライターが太っていては説得力がない。

『これ、医者（と言っても僕は動物のお医者さんですけど・笑）からのアドバイスなんですけど、女の人は、もっと肉がないと……正直、亜由美さんてモデルさんみたいで綺麗ですけど、骨っぽいから男はひいちゃうと思うんですよ。申し訳ないけど健康的じゃないし、骨が当たりそうで怖い。一緒に歩くのには自慢になるけど……それと結婚したいとか、抱きしめたいってのは別ですから。やっぱり女性は、僕の新しい彼女みたいに、柔らかくて愛らしくて包み込んでくれて、それでいて謙虚で、一歩ひいて男を立ててくれるほうが結婚には向いてると思うんですよ！』

何なのだろう、この男の無神経さは。

『その人と、結婚するんですか』

かろうじて、それだけメールを打った。

『はい！　彼女、料理上手で家庭的で素敵な女性なんです！　あの人は僕の全てを受け入れて、僕の存在を全て肯定して許してくれるんですよ。大袈裟ですが、あの人は、天使、女神かもしれない……彼女に出会えて僕は幸福です!!　亜由美さんもお幸せに！』

そのメールが来た瞬間、アミは高坂の履歴を全て消去し、番号もメールも着信拒否にした。

耐えられなかった。

これ以上、この男に付き合ってもいられないし、何よりも自分がこの男と一度だけでも寝て結婚まで考えていたというのが許せなかった。

締め切り前だというのに、不愉快さと怒りと混乱で、原稿が書けない。しかも、何でこんなときに限って「結婚したいと思わせる――」なんて記事を書かなきゃいけないのだ。

アミはふらふらとパソコンの前を離れて、立ち上がる。

メールで「もう会えない」なんて言って終わらされるなんて、自分はどこまで軽く見られているのだろう。

しかも体型のことについてあんないかにもモテない男に心配されるなんて、屈辱的だ。

それほどまでに、高坂の「恋人」はいい女なのだろうか。

自分よりも、美しく魅力的な女なのか。

どんな美しい女なのだろう。

どんな若い女なのだろう。

どんな魅力的な女なのだろう。

自分という存在が一瞬にして消し飛んでしまうような――。

あんな男とこれ以上、関係を深めなくていい。こっちから願い下げだ。そう思いたいのに、思っているはずなのに――アミの心の中には、高坂よりもその女の存在が押し寄せて思考を支配する。

洋服を脱ぎ捨て、シャワーを浴びる。

気分転換したかった。何もかも洗い流してしまいたかった。

浴室から戻るとバスタオルを身体に巻き付け、煙草を取り出した。

高坂の前では吸わないふりをしていた。もしキスされる機会があるなら臭いでバレてはいけないと、会う前の日も吸わない。結婚したらそれを機会に禁煙するつもりだったのに。

飼い犬のチェリーが切なげな目をして身をすり寄せてくる。

アミはチェリーを抱き上げて、その柔らかい感触を確かめる。

けれど高坂と仲よくなるきっかけは犬の話だったと思い出してしまうと、また怒りが込み上げてくる。

悲しみではなくて、怒りだ。

何に怒っているのだろうか、自分は。

わかっている――中途半端で、ただのミーハーで、才能もないくせに虚栄心と野心だけはある、様々なものを諦めきれない自分に対しての怒りだ。

必死で外見を磨いても、年と共に容姿は衰えてくる。それをストップさせるにはお金がかかる。世の中の「美魔女」と呼ばれるような女たちは、みんな、裕福な女たちばかりなのだ。

加齢には誰も抗うことなんてできない。周りも年齢より若い女は、大抵、メスを入れずともプチ整形ぐらいはやっている。そうして若さにしがみついている。

三十代はまだ若いよと言ってくれる人もいるし、アミさんは美人だよといくら称賛されても、三十代半ばというだけで「おばさん」扱いしてくる男も少なくない。

どうして男は若い女がそんなにも好きなのか、どうして男は美しい女がそんなにも好きなのか。くだらないことのはずなのに、どうして私たち女は男に「価値のある女」として見られることに振り回されるのか――。

きっと、高坂の恋人は、さぞかし美しい女なのだろう。ううん、美しいだけじゃないはずだ。全ての面において自分より優れている女なのだろう。セックスだってそうだ――。

舐めていたのだ、私は。

高坂のような女慣れしていない男が自分を抱けば、ありがたがって夢中になるだろうと。なのに、あんなことを言われてしまうなんて――。

どれほどまでに自分は思い上がっていたのだろうか。

アミはふとテーブルの上に置いてある、送られてきたままで封を開いていない男性誌をそのまま叩きつけるようにゴミ箱に捨てた。

以前、アミが連載していたコラムは一年前に打ち切られ、その代わりに新しい連載をはじめたのが、かつてアミの不倫相手とも関係がある後輩の椿まなだった。

最近になってフェミニズム寄りの記事を書くことが増え、「女性が幸せに生きるために」

と謳ったトークショーに出演したりして女性ファンが増えたらしい。しかしアミの知る限り、椿まなのような「女の部分を使うのが上手い女」に限ってフェミニスト寄りの発言をし、女の味方をしたがる。異性に媚びるのが上手い女は同性にも媚びるのが上手だ。今の時代、女性読者を味方につけたほうが仕事が増える。

ネットの匿名掲示板に「椿まなは美人ライターとして売り出しているけど整形だし、不倫して仕事もらっている。本当は男社会で男にべったり頼り、守られているエセフェミニストだ」と書き込んでやろうかと考えたこともある。けれどそんなことをしても自分がみじめになるだけだと、虚しくなってやめた。

嫉妬なんかしたくない、みっともないもの、私はこれ以上、醜い人間になりたくないの——。

それでも人を羨む気持ちが湧き上がるのは、どうしようもない。

だから、結婚しようと思ったのに。

世間で「女の幸せ」とされているアイテムを手に入れたかった。楽になりたかった。それが自分の心の弱さのもたらす逃げだとわかっていても——それしかない気がしていた。

アミはチェリーを抱きしめた。

「大丈夫だよって言ってよ、ねぇ」

そう呟きながら必死で涙をこらえていた。

くぅうん……苦しそうにチェリーが声をあげる。

「あんただけよ、私のことわかってくれるのは。毎晩、私を待っててくれるのは、私を嫌いにならないのは。一緒にそばにいてくれるのは――」

男なんて、嫌い。アミはそう口にするのを抑えながら、そのままチェリーを抱きしめていた。

どうせこの犬も、いつか死ぬのに。

犬が死んでひとりで慟哭《どうこく》する老いた自分を想像すると、そのみじめさに眩暈がした。

そんな自分に周りの人間たちが同情を寄せる状況までもが脳裏に浮かぶ。

男に捨てられて仕事も失い、ペットに依存してた可哀想な女――そう陰で噂される光景も。

高坂との出来事は失恋というほどのものではないと思うことにした。

だって正式に付き合っていたわけでも、結婚を約束し合ったわけでもないんだもの。そもそも、あの男のことをそんなに好きではなかった。

こうなって初めて、自分がただ結婚したいというだけで好きになろうとしていたのだと気づく。条件だけで結婚して上手くいくわけがない。だから失恋ではない。

ただプライドが傷つけられただけだ。だから悲しみよりも怒りが先に来た。

そう自覚しているせいか、落ち込んだのは一瞬だ。結婚しなくて正解だと日に日に思うようになり、半年が過ぎるとだいぶ気持ちは上向いてきた。いつまでも引きずってみじめな女にはなりたくない。意地でもカッコよく生きたい。いい女でありたいと自分を奮い起こす。

冷静に振り返ると、高坂は無神経だし、口下手だし、男としての魅力も欠けている。別れてよかったのだ。

ネットのサイトの「婚活パーティ体験記」の原稿は、ラストだけ嘘を吐いた。結婚を考えるまでになったけど、いざとなると彼はマザコンな上に童貞で、しかもこちらに性体験がそこそこあると引かれちゃったので、ジ・エンド――そんなふうにまとめた。

原稿を書くと、事実もそうだったような気がしてきて、気楽になった。

高坂と別れてから焦って結婚する気持ちも薄れてきて、タイミングよく無署名だが単価のいい仕事も入ってきて忙しくなった。

友人と飲みに行く機会も増やして、高坂のことなんかほとんど忘れかけていたはずなのに。

その日は、朝まで仕事をしていた。原稿を送信して、寝る前にニュースをチェックしようと、チェリーを膝にのせて珈琲を飲みながらパソコンでテレビのニュースを見ていたところ、いきなり高坂の顔が目に入った。

「高坂則夫さんは、自宅の風呂場で亡くなっており、練炭が――警察は高坂さんの交際相手である佐藤真樹容疑者三十九歳を逮捕しました。佐藤真樹容疑者は『春海さくら』と名乗り、婚活サイトで高坂さんと知り合って――」

画面に映し出された「春海さくら」の姿を見たときに、アミは手にしていた珈琲のカップを落としそうになった。チェリーがアミの動揺を察したのか膝から下りて足に纏わりつく。

なんて醜い女。

上半身しか写っていないが、おそらく一〇〇キロ近くはあるのではないかと思われる体軀、わさわさと量が多くうるさげで艶の無さそうな長い髪、肉で顔の部品は埋もれかかっている。吹き出物の痕のようなものが顔中に見える、まったく手入れしていなさそうな荒い肌。太くて整えられていない眉毛の下の重そうな肉の狭間から覗く目は笑っていない。口角をあげて笑顔をつくっているのだろうが、歯並びの悪さと水気のない薄い唇を強調しているだけだ。

たとえば自分がこんな容姿で雑誌やネットに現れると、「ブス」「デブ」「ババア」「人前に出るな」「吐き気がするほど醜い」と罵倒の言葉を嫌というほど浴びせられるだろう。

匿名でネットに張り付いている者たちは、とにかく人を見下して優越感を抱くことで生きる楽しみを得たい人間たちだから、どんな容姿の女でも悪く言われる。ましてや、こんな女だったらなおさらだ。

自分は「美人」の部類に入るけれど、容姿の欠点なんていくらでも探せるし、実際に写りの悪い写真のせいで匿名掲示板に「よく見れば地味な顔だよな。本人が美人と思ってドヤ顔なのが気持ち悪い」なんて書かれたことがある。あのときは見知らぬ人間になぜ悪意を向けられないといけないのかと落ち込みもしたけれど、もっと有名で世に出ている人間なんて、自分と比べられないほどに罵倒や中傷の言葉を常に受けている。

女はまず、容姿をあげつらわれる。性的なものを書いてる女は、特にだ。

性愛を描く女性作家で、メディアに出る度にその容姿を「ブスがセックスとか書くな」となじられる人も知っている。実際に取材で会ったことがあるが、感じのいい普通の女だった。けれど、「普通」であることさえ許せない人たちもいるのだ。

嫉妬だ。

誰だってわかっている。

世界には見えないだけで縦横無尽に嫉妬の糸が張り巡らされていて、そこにひっかかってしまえば攻撃を受ける。

美人ならそれはそれで「顔で仕事をもらっている」「枕営業をしている」と中傷される。自分も言われたことがあるけれど、それは確かに否定できない部分もある。だって、人は容姿という、一番わかりやすいもので判断せざるをえないんだもの。だから容姿を磨くのだ。

あの人は、天使、女神かもしれない――。

高坂がメールで寄こした言葉を思い出した。

この女が？

こんな不細工で太った女が？　天使？　女神？

あか抜けない、もっさりした、どう見てもモテるはずのないこの女が？　私がもしこんな容姿になってしまったら恥ずかしくて生きていられない。どこが女神だ。ブスでデブで女として最底辺じゃないか。これまで私が書いてきたような「モテる女の法則」の記事を全否定するような存在だ。

自分の感情が醜いとわかっていても、アミは会ったこともない女の容姿を侮蔑する言葉が次々と湧き上がってくるのを止められない。

けれど私はこの女に、負けたのだ。

女として、私より上だと、男に去られたのだ。

高坂は私のセックスよりも、この女のセックスのほうがいいから、私から去った。

この女を侮蔑すればするほど、黒く重い鉛のような感情がアミの胸に沈んでいった。

「春海さくら」について知りたい、書きたい。

その思いは、アミの中で高坂が殺された事件が大きく報道され、それが落ち着いてきたころから湧き出してきた。事件から、二年少し経ったころだ。

「春海さくら」が殺したと疑われているのは、高坂だけではなかった。現時点で周囲の五人が不審な死を遂げており、危険を感じて逃げた男もいるらしい。

「春海さくら」は婚活サイトで男たちと知り合い、多額の金銭を詐取していた。

自分だけではなく、世の中全体が、「春海さくら」の存在に興味を持ち騒いでいた。

事件、しかも殺人事件なんて、今までアミが扱ったことのないジャンルだ。セックスとか恋愛、美容、スピリチュアルとか、世の多くの男女の心に響きやすいものばかりを書いていた。つまらないなと内心思いながらも書いていたのは、需要があったからだ。

けれどアミは、どうしても春海さくらについてもっと知りたくてたまらなかった。報道されることなんて氷山の一角ですらないだろう。

私が知りたいのは、どうしてあの女が「女神」と呼ばれたのか——そこだ。

「春海さくら」が男たちを殺した理由よりも、それを知りたい。

こんなにも激しい衝動にかられたのは、この仕事を始めて今までなかった。

「春海さくら」を誰よりも知ることにより、私は仕事も私生活も――物書きとしても女としても今より上の世界に行けるかもしれない。いや、知らないといけない――。

もちろんジャンル違いのライターであるアミに、この事件についての仕事の依頼などない。けれど私はあの女に近づきたい。

どうしてあの男は私より、春海さくらを選んだのか。

アミは身体中の血が沸き立つのを感じていた。

知りたい、あの女を――。

高坂に対する未練も哀憐なども皆無で、ただひたすら春海さくらのことだけを考えていた。

春海さくらについて書こうと思い立ってから企画書を書いて幾つかの出版社などに持ち込んでみたが、感触はよくなかった。

アミよりも有名で、「才能がある」とされている気鋭の書き手たちが既に数人、出版の話をすすめているらしい。

「アミちゃんにはさ、そういう事件とか犯罪とか、そんな記事は向いてないと思うんだよね」

可愛がってくれていたはずの編プロの社長にそう言われたとき、「お前には書く力がない」と思われているのだとわかった。木戸アミというライターには才能がないのだ、と。

世間を騒がしている春海さくらという女を描く力はない、今までのように恋愛やセックス、スピリチュアルやダイエットだの世の中に溢れている女たちの大好物、次々に消費されて消えるネタしか書けないだろうと。

わかっていたからこそ、この世界にしがみつくつもりだった。今までとは違う、いい記事が書けるはずだった。何しろ、自分は当事者なのだ。春海さくらに男を取られた——。

しかし実際のところ、自分が当事者であることは企画書に書けずにいた。

「え、あんな女に負けたの」

そう言われるのに抵抗がある。怖かった。つまらない見栄とプライドだとわかっていても勇気が持てない。元からの知り合いであり、仕事をくれていた編集者たちに「春海さくらに男を取られた女」だと言えるわけがない。

何よりも同性の同業者たちに笑われるのや、飲み会の酒のサカナにされるのが嫌だ。それでも春海さくらと決別するためには、書きたかった。とりあえず動き出してからどこかに持ち込むしかない。

そうしているうちに三十六歳になってしまった。

春海さくらの事件からは三年が過ぎた。

恋人もおらず、仕事も先が見えず、まるで恨む相手が見つからないくせに成仏できない幽霊のようにふらふらとさまよって生きながら誕生日を迎えた。ＳＮＳ上の「友達」や同業者からはたくさん「おめでとう！」のメッセージが来たが、どれもうわべだけの言葉に思えてならなかった。

そんなとき、ふと思い出したのは官能作家の桜川詩子だった。

詩子とは彼女が官能小説の賞を受賞したときからの付き合いだ。授賞式に足を運んだのは、その賞の主催者が古い知り合いで、何度か一緒に仕事をしていたからだ。

授賞パーティのたぐいには何度も足を運んでいるが、東日本大震災の直後の暗い東京で行われていたあのときの授賞式は忘れられない。

震災の直後は様々な行事が自粛され、他の新人文学賞の授賞式も取りやめになった。けれど桜川詩子の授賞式が開催されたのは、その賞の第一回の受賞者であることと、官能という本流の文芸からそれたジャンルだからということだったらしい。あの当時は何でもかんでも「不謹慎」と非難されていたが、もともと官能なんて不謹慎なものだからと決行された。

アミ自身も震災には強い衝撃を受けていた。知人の中には被災した者もいるし、自分だって将来このまま仕事ができるかどうか不安になった。

しかし鬱々とした日々だったからこそ、おしゃれをしてめでたい席へと出かけようと思ったのだ。

あれは二〇一一年三月の後半、東京は電力が足りず節電で照明が消え、暗かった。コンビニに行っても棚はガラガラで、アミの属する出版界では東北の紙の工場が被災して、毎日のように知人たちの出版休止や延期の嘆き節を聞かされていた。

アミは久しぶりに着飾った。しばらくは顔を洗う気力さえなかったのだが、化粧をほどこし、グレーの光沢のあるワンピースに大振りの真珠のピアスを着け、七センチのヒールの靴で原宿の外れにあるレストランに向かった。そこが授賞式の会場だった。

ホテルの宴会場とは違ってレストランなので、そんなに広くなく、全体が見渡せる。テレビで見たこともある男性の官能作家、知人のイラストレーターや編集者の顔を見つけて挨拶をした。

料理は案の定、種類も量も少なかった。食品の流通がまだ止まっているのか予算がないのだろう。ピザやスパゲティなど炭水化物ばかりで手をつける気にならなかったが、ケーキは美味しそうだったので皿に取る。あのころは、普段はセーブしているはずの甘いものがやたらと食べたかった。コンビニにも食べ物が少ないので飢えていたのだ。

授賞式が始まり、受賞者である桜川詩子が呼ばれて壇上に上がった。

華やかな場にいたかったのもあるが、アミは桜川詩子自身にも興味があった。事前の招待状のプロフィールによると、関西の日本海側の田舎町出身で現在は東京在住。旅行関係の仕事をしているということだった。年齢は書いていないが、主催者にちらと聞いたところによると三十代後半らしい。

女で官能小説を書いている者は少なくないが、顔を出してメディアに登場する者は、滅多にいない。自分のようなライター業の傍らで別のペンネームを使って官能を書く人間はよく耳にする。男性でも官能作家は顔も素性も隠し、表に出てこない者が多いのは、家族に内緒であるとか職場にバレたら困るからだ。実は女性の名前で官能を書いてはいるが、その正体は男性であるというパターンも幾つか知っている。

女性で表に顔を出している官能作家はアミの知る限り、みんな「美人」と冠されるような容姿ばかりだった。

当たり前だろう。官能というのは男性を勃起させ、幻想を抱かせる小説だ。だからこそ美人ではないと「萎える」。美人でなければ表に出てくるべきではない。

それは自分の仕事も同じだ。いい文章を書けば売れるというものではないし、そもそも自分が書いているような記事なんて十把ひとからげだ。

だからこそ文章云々以上に、自分自身をアピールしていかねば仕事がもらえない。それはこの業界に入って痛感した。私生活以上に美人は得して、ブスは損をする。美人だと可愛がられて見せびらかせるためにあちこちに呼ばれ紹介され、それが仕事につながりもする。不倫したい男は業界にごまんといる。そうした男に女をアピールすることは、立派な営業活動でもあるのだ。

そうした空気があるからこそアミは自分を磨き、食事制限をして肉体を絞り、ファッションと化粧を研究し、「美人」の枠に入り込んだ。そして同性にも異性にも嫌われないように気を配っているのだ。

文章で食うならば、本を読んで知性を磨いたり文章力を向上させるのが本来の道なのだろう。実際のところ、自分の文章に自信もない。けれどこの世界でしか生きていけないから、しがみつかなければいけない。そこでできる努力は、自分を嫌みなく売り込むことだった。

お高くとまっては嫌われるから、時には自虐的になり、ユーモアも交じえ、弱みを見せるふりをしながらも。そして重要なのは、常に同性の味方であるとアピールすることだ。

嫌われないように、人に好かれるように。けれどカッコよく、いい女を目指してきた。

そうやって、東京で生きてきた。東京という街に相応しい女でいたかった。

壇上に登場した桜川詩子の姿を見て、アミは驚いた。あか抜けない、太ったおばさんだ。とりたてて不器量ではないけれど、地味でもっさりした印象だ。上下の黒いスーツは華やかな場に相応しくないが、太った女がやりがちなコーディネートだ。そのスーツもはち切れそうになっていて、みっともない。不自然に艶のある長い髪はだらしなさを感じさせたし、二重顎と重い瞼が田舎臭さを助長している。肌は白いが、ただでさえ丸い顔を大きく見せている気がした。

この人が女流官能作家？

セックスがどうのこうのとか書くの？

スポットライトも、ステージも似合わないと思ったが、それは自分が華やかで美しい女が多い業界に慣れ過ぎているのだろう。あの女が、「普通」なのだ。

気の毒になった。さぞかしこれから容姿のことで叩かれもするだろう。メディアは容赦がない、しかも官能だ。それだけではなく、この世界には、美しくない女と美しい女とで露骨に態度を変える男も多いのは痛感している。

挨拶が始まると、少し印象が変わった。明るいし、しゃべりが上手い。添乗員という接客業をしているせいだろう。

懇談の時間になると、アミは詩子に近寄って名刺を渡した。

興味を持ったのは、桜川詩子が美人じゃないからだ。どうしてこの女が「官能」などという男たちの欲望を描くジャンルに飛び込んできたのか興味があった。

世に出るごとに攻撃を受ける様を、眺めたくもあった。

その後、アミがインタビュー記事を受け持つ雑誌で詩子に取材を申し込み、それからの付き合いだ。親しいわけではないが、たまに食事をしながら話をする。

詩子は驚くほど、自らのことを饒舌に語った。そこまで無防備にあからさまにしていいのかと心配になるほどに。

アミに対してではなくて、マスコミのインタビューにも、赤裸々に自分の性体験を語る。

詩子の過去は、アミからしたら壮絶だった。

初体験は二十四歳で相手は二十二歳上の男。しかも以前から知り合いだった男に金を要求されて、それを渡すのと引き換えに「セックスをしてもらった」という。

――自分は一生、男の人に相手にされないと思い込んでたんですね。女として底辺だと。だから処女だったたし、でも処女を捨てたくて、相手にしてくれる人もいないから、お金を払う形になったんです。もちろん嫌いじゃなくて、その人に好意を持っていました。そのあともお金を要求され続け、セックスと引き換えに渡し続けました。この男以外に自分を必要としてくれる人はいないとも思い込んでました。その人には他に恋人がいたし、明らかに私のことを好きじゃなかったんですけど、それでもよかった。まったく自分という女に価値がないと思っていたんです。セックスもそんなにしてませんよ。向こうからしたらお金を要求するための餌だから。二十代はその男だけですね、十回もしてないと思いますよ。くわえさせられて性処理はさせられてましたけど。

三十歳になったばかりの頃知り合った次の男は変態で、様々なことをさせられました。歩道橋の上でしゃぶらされたり、精液のついたティッシュを送りつけられたり、前より先に後ろに入れられました。別に私はそんな趣味はないですけど、要求するから応えた、それだけです。最初の男のときと同じで、その人以外に自分を相手してくれる人はいないと思っていたから、嫌われたくないから、何でも言うことを聞いてたんです。いろいろひどいことはされましたけど、お金を要求されないだけ最初の男よりましだと思っていました――。

桜川詩子は最初の男に金を貸すために、最終的には七社の消費者金融から金を借りた。返済できなくなり家賃も滞納し、三十代半ばの頃に親が立て替えたという。

――二人目の男との関係が終わり借金だらけだったとき、誰でもいいからセックスしてやろうという時期がありました。復讐です。最初の男と次の男のときに、自分の価値を低く見積もり過ぎてロクなことがなかった。それが弾けたんです。こんな私でも、「穴」さえあれば女として見てくれる男がいる、穴さえあれば女なんだと思って、あらゆる手段を使っていろんな男と寝ましたよ。そうすることでそれまでの劣等感が払拭されました。

中にはお金をくれる人までいたんです。自分みたいな人間にそんな代償が払われるのに驚きながらも、そのとき初めて自分は「女」だと認められた気がしました。自分は醜いから男に相手にされないと思ってきたけれど、美しくなくても穴があれば男とセックスできるんですよ。それでずいぶんと気持ちは楽になりましたね。

借金が親にバレて立て替えてもらってからは、そういうことはいっさいなくなりました。その頃はいろんな男とセックスするのも正直虚しくなっていましたから、潮時だったんです。寝ても濡れないというか、身体が先に拒否反応を示しましたからね。それからは普通に恋愛して今にいたります――。

初体験の値段は六十万円というのも強烈だ。

自分もそうだが、若いころはそれだけで価値があるから、望む男はたくさんいたし、自分の値段をつりあげられたものだ。

若くて美しいというだけで男たちは自分に金を使ってくれた。高いものをおごってくれたり、高級ホテルに連れていかれて、男たちにちやほやされていた。それが「若い女」という生き物本来の姿であるはずなのに、世の中にはここまで自分の価値を下げて生きてきた女もいるのだ。

正直言って理解できなかった。同じ女として生まれてきたのに、男にモテなさ過ぎて金を払い、男に貢いでまで初体験を済ませたこの女のことが。

桜川詩子はそうして自分の劣等感や価値の低さを語るが、客観的に見てこれぐらいの容姿の女などざらにいるし、それこそ「春海さくら」よりはました。

だから結局、「自意識」の問題なのだろう。女の価値なんて、そんなもんだ。春海さくらのように、あんな容姿で自分に自信を持ち、自己肯定しきっている女もいるのだから。

けれどアミは、桜川詩子のインタビューを読むたびにムズムズと違和感がせりあがってくる。

過去がどうであれ、容姿が人並み以下であれ、この女は小説の新人賞を受賞して「作家」となり、受賞後にそれまで付き合っていた男と結婚もしたらしい。

自分が欲しくても手に入らないものを、この女は持っている。

「不幸自慢」という言葉が浮かぶのだ、この女のインタビューなどを読む度に。

同情心を煽り、注目を浴び関心を持たせるそのやり方は巧妙だとしか思えない。

桜川詩子は、「自分は生きるのが下手だ、不器用だ。だから男に貢いでしまった。女として底辺だ」などとよく言うが、過去はどうあれ、今の在り方は決して「生きるのが下手」「底辺」ではない。むしろ上手いではないか、何がどう売り物になるかわかっている。美人ではないことでがっかりはさせても、幻想ではなく現実で人の注目を浴びるやり方を知っているしたたかさがある。

桜川詩子が自身の過去をさらけ出すことにより共感し、彼女を支持する層もいる。しかも、それをちゃんと桜川詩子自身がわかってやっているのが垣間見えて、いやらしい。

この女こそが「黄泉醜女」ではないか。過去の男を、未練や愛情ではなくて、自分の宣伝や作品のために追って書いてさらし上げる桜川詩子こそが。

何でもガツガツと貪り餓鬼のようにあさましい、この女は。

別れた男に執着して悪口を言うなんてみっともない、カッコ悪い、いい女のすることじゃない——アミはそう思って生きてきた。

いくら作家として生き残るためとはいえ、過去の恋愛や自分の処女を金を払って捧げたなど女としての恥さえも売り物にするのは、覚悟があるからではなく、自分のためなら他人を傷つけても平気だからできるのだ。関係ない人間たちが面白がっても、当事者である男たちにとって迷惑以外の何ものでもないし、詩子の家族からしたらさぞかし嘆かわしいに違いない。

桜川詩子は美貌という武器は持っていなくとも、自虐という武器を駆使し、自分が女であることを売りにしているではないか。黄泉の国から爛々と目をぎらつかせて男を自分の餌にし、喰らうために追っている黄泉醜女だ。

そして桜川詩子はデビューして二作目となる本を大手出版社から出した。広告効果もあったのでヒットして、それからは仕事が増えたのもラッキーだ。

小説の新人賞は数あれど、二冊目が出せて、その数年後まで生き残っていられるのなんてごくごく一部の人間だけだ。だから桜川詩子はひどく運がよく、恵まれている。

アミはこの数年、短編ではあるが小説の新人賞に六度ほど違う名前で応募していたが、一度もひっかかったことがない。文章を書いて暮らしているのに、一次選考ですら通らない。

本当は作家になりたかった。いや、作家という肩書が欲しかったのだ。ライターという仕事に精神的に限界を感じていたから、作家になって本を出したかった。

知り合いの伝手で、文芸の編集者に一度だけ自分の落選した小説を読んでもらったことがあるが、その男は申し訳なさそうに、「小説じゃないんだよね、これ。自分語りになってる。私、私、私、なんだよ。新人賞に応募してくる小説、こういうの多いんだよね、特に女の人は」とだけ言われた。

才能がないのだ。いや、それだけではなく、見た目が邪魔をしているのだと思うこともある。いい仕事をしても「美人だからウケてるだけ」とその仕事の価値を下げられたり、どこかの男にバックアップしてもらった仕事だろうとか最初から決めつけられもする。

確かに見た目を利用して今まで生きてきたのを否定はしない。それでももらえる仕事は確かにあるから。自分だけではない、美人で注目をされればされるほど、整形だとか男と寝て仕事をもらっているのだと、ありもしない噂をたてられたりする。

そういう点では、桜川詩子のような女は得もしているし、本人もそれを自覚しているようにもアミには思えた。確かに容姿はよくないのでネットでブスとかデブだの叩かれはするが、自分の価値が低い発言をすることで共感を呼ぶし、同情もひく。何よりも「敵」とみなされないではないか。

桜川詩子自身とも何度か会って話したが、人当たりはいいし、偉そうにすることもない。ほどよく毒とユーモアがあって人を笑わせるのが上手いし、会えばほとんどの人間が好印象を抱くだろう。

人は、見下したい生き物だ。なぜなら安心するからだ。

人を羨望するよりも同情するほうが気持ちがいい。

自分の「不幸な過去」「借金に追われた貧乏暮らし」「モテなさ」「劣等感の強さ」「女として底辺」そういったエピソードを面白おかしく語る詩子は、そこを計算してやっているようにしか見えなかった。

自分は借金もしたことがないし、男運が特別いいわけではないが、詩子の語るようなひどいセックスはしたこともない。そして、今の仕事もそうだが、自分が美しい女であることでちやほやもされたし、かつては若さの恩恵を十分に受けてきた。

けれど、三十六歳になった今、どうだ。

たいしたことのない男にふられ、しかもその男が春海さくらという、世間がその容姿を罵倒するような女に取られてしまった。

そして仕事だってどん詰まりで、そこから打破しようとしているけれど、なかなか企画が通らない。

そのときに思いついたのだ。「ブス」「デブ」と叩かれた桜川詩子を使い、春海さくらの本を出そうと。それならば企画が通るかもしれない。注目されている小説家の、初のノンフィクションとして話題にもなる。

アミは以前から詩子と会う度に、「女流官能作家」という肩書が嫌だと言っているのも気になっていた。

「もともと私は官能作家になるつもりなんてまったくなかった。他のジャンルも応募して、たまたまひっかかったのが官能だっただけ。でもデビューが官能だと、そのあと他のジャンルを書いても、ずっと官能という冠をつけられる。官能が嫌とか馬鹿にしているんじゃなくて、官能というだけで読者を選ぶし、敬遠する層がいるのが嫌なんですよ。

あと、私はこんなんで、女としては底辺です。男に好かれるタイプではなくてモテないし、官能って、男を勃起させるためのものじゃないですか。それが向いてないと思うんですよ。だから読者の期待に応えられなくてごめんなさいとも思ってる。他の官能作家さんは、上手いなっていつも感心します。容姿以上に、自己演出が上手いというか……元ホステスとかタレントとかそういう『女』の仕事をやってきた人たちは、男が喜ぶ発言ができるし、男の望みに応えるのが上手です。私はあれができない。男は好きだけど、過去のいろいろな経験でかなりひねくれてるんで、勃たせるよりも萎えさせてしまう。私なんか絶対に本の帯や広告に顔写真が使われませんし、本当はインタビューにも顔を出すべきじゃないんですよね。読者をがっかりさせるだけだから」

詩子は最初のころからそんな話をしていたし、公の場でも最近「官能作家と呼ばれたくない」と口にすることも増えた。

それについて官能の世界の中で、「結局文芸に行きたいんじゃないか、官能を馬鹿にして」などと快く思っていない人間や「ブスの僻みだよ」と陰口を叩いている者もいるのは噂で聞いている。官能作家の中には、ブログやコラムで名指しで桜川詩子の発言を強く非難する者たちもいるぐらいで、陰ではその何倍も言われてるのも耳にしている。

桜川詩子の「官能作家と呼ばれたくない」という発言は、一見、小説に対して信念を持ち、謙虚であるようにとらえられもするが、その裏には野心と共に「特に容姿を言われる世界で勝負できないから、逃げて他の場所に行きたい」という計算が見える。

もちろん、官能作家ではなくても、作家として人前に出る限り、容姿については言われ続けるだろう。美人は「美人作家」で、そうじゃない女はただの「女流作家」だ。

けれど「官能」は男性を欲情させるジャンルだから、特に容姿のことが話題になる。そこから早く逃げたいのだろう。勝てない勝負はしたくないのだ。作品ではなく、容姿で。

けれどそれをはっきり口に出す桜川詩子をやはりズルい女だと思う。口に出されれば、周りは聞かざるをえないではないか。

また、桜川詩子はひどくプライドの高い女だと薄々気づいていた。人と自分は違うのだと遠まわしに言いたいのだ、この女は。結局は、私は官能なんかに収まりたくないという野心が垣間見えるのがいやらしい。自分を下げるふりをしながら他人を下に見ている。

「女」を使わずに作家として生きていきたい――それは、自分のような「女」を使っている人間を侮蔑しているから、言えるのだ。

桜川詩子はプライドが高く、人を見下し、人に取り入るのに長けていて、自尊心の塊で、計算高くしたたかな女だ——アミにはそうとしか思えなかった。劣等感が強いのは本当なのだろうが、だからこそ優越感が必要なのだ。人を見下し、優越感を抱いてほくそ笑んでいるのがこの女の正体だ。

そして、この女は、嘘吐きだ。だって、「赤裸々」に語っているように見せかけて、自分の都合のいいことしか言ってない。

デブで不美人の詩子が春海さくらをどう思っているのか、関心があった。

同じ種類の女でもあるけれど、正反対だ。

容姿的には不自由であるはずなのに、多くの男に好かれ、金を貢がれたさくらと、男に相手にされなくて金を貢いだ詩子。

自分や、そこそこ顔が整った女が春海さくらを描いても、所詮「他人事」だと誰もが思うだろう。

けれど詩子なら——鏡を見るように春海さくらを描けるかもしれない。

そして、桜川詩子にノンフィクションを書いて、「脱・官能作家」しませんかと話を持ち掛けると、案の定のってきた。

＊　＊　＊

羽田から中標津空港はあっという間だったが、中標津空港に到着すると雪が舞っていた。日本で唯一の木造の空港ビルがある中標津空港は小さな空港だった。

そこからバスを使って佐藤佳代子のマンションに行き話を聞いたあと、アミと詩子は中標津のビジネスホテルにチェックインした。何となく眠れぬ夜を過ごし、アミと詩子は翌朝のバスで「春海さくら」が青春時代を過ごした隣の町に向かう。

バスターミナルはホテルのすぐ裏手だったが、近い距離でも雪に難儀した。スパイク付きのブーツを履いてきたけれど、それでもつるつるとすべり、都会育ちのアミは転びそうになる。

詩子はもともと実家が雪深いところらしく、アミほど苦心してはいなかった。

無愛想な初老の運転手のバスに乗り込むと、乗客はアミと詩子と数人の老人だけだった。

中標津の町を越えると、左右に雪に埋もれた牧場が幾つか見える。

春海さくらが育った町は、酪農で知られている町であった。さくらの高校時代の同級生である佳田里美の父親も酪農家だったはずだ。

夏ならば草の色が鮮やかで、牧歌的なほのぼのとした光景なのかもしれないが、雪の積もった広大な牧場はただ寂しく虚しい光景だった。

町中をバスが通過して、さくらが卒業した高校の前のバス停にアミは降り立った。

何もない——本当に空ばかり広がるところにポツンと高校がそびえている。

雪よりも真っ白な壁の校舎は新しく近代的なので、さくらたちが卒業してから建て替えられたものかもしれない。けれどその新しさが、雪に埋もれたこの場所に不似合いだった。

「桜川さん、タクシー呼びます？」

「もし、アミさんが嫌じゃなければ、歩かない？」

アミは頷いた。時間もたくさんあるし、歩いて時間をつぶすのもいい。

ふたりはただひたすら雪道を歩いた。

晴天だったが、気温マイナス六度のこの土地では雪が解ける様子もない。車も滅多に通らない、歩いている者など見当たらない凍った道を、転ばないようにひたすら進む。三十分ほど歩くと住宅街だ。十数軒の似たような家が並んでいる。三角の屋根の色は赤や青、どれも鮮やかで玩具のようだとアミは思った。

どこか喫茶店のようなところで休もうと思ったが、まったくそれらしき建物はない。ファストフードもコンビニエンスストアもファミリーレストランもない。

ただ空は広く、果てしない地は雪に埋もれ、それだけの土地。

人の気配もほとんどない。

「うちの田舎みたい」

詩子がそう口にした。

「そうなんですか」

「何もないのよ、本当に何もない。だから、私みたいに過剰で欲の強い女の自意識は肥大して、劣等感が募って、歪んだ人間になった。こんなところに、春海さくらみたいな女がいたら……私とは違う形で、自意識は肥大しただろうね」

東京生まれで東京育ちのアミには、詩子の言っていることが理解できなかった。

さらに三十分は歩いただろうか、町の中心地にたどり着いた。町役場の近くにさくらが育った家があるらしい。

あの事件のあと、母親は別の町のマンションに越したので、誰もいないはずだ。

事前にネットで調べた情報を参考にして、アミと詩子はさくらの生家を見つけた。

薄いピンクのトタン屋根に黄色い壁――もう既に誰かが住んでいる気配があり、車が置いてある。

そう古くないが、ピンクの屋根はところどころ茶色くなっているような気がした。

さくら色、か。

アミは、報道で「春海さくら」という名前を初めて耳にしたときに、不似合いに華やかな名前だと思ったものだ。桃色、ピンク、春の花——桜色は女の色だ。

自ら「さくら」という名前を選んだ女は、私は女である、女そのものであるとの主張をしたいのではないか——最初に訪ねた島村由布子の人材派遣会社の名前も「サクラプロモーション」であった。

「桜の花って、女性っぽいじゃないですか。華やかで美しくて——儚くて、女性そのものという感じがします。女はやはり、花だと思うんですね。存在で人を和ませる花だと。そんな女性たちを育てる——」

確か、由布子はそう言っていた。

高坂と仲よくなるきっかけにもなった自分の飼い犬の名前を「チェリー」にしたのも、似たような理由だ。

「桜の花が好きなんですよ。色も好きだし可愛らしいでしょ。女子中、女子高、短大と一貫教育だったんですけど、校章が桜の花で、門のところに桜並木があって綺麗だった。女ばかりの環境だったから、桜って私にとって、女の子、少女のイメージなんですね。可愛らしい、女の子。うちの子、可愛い女の子だから、本当はそのまんま『さくら』にしたかったけど、その名前のペットって、たくさんいるでしょ？　だからチェリーブロッサムから取って、チェリー」

高坂に、自分はそう言った。

桜の花が好きだと、女の子、少女、可愛らしいイメージなのだと。

桜――この北の町にも、春が来れば桜の花は咲くのだろう。けれど今は、そんな景色がまったく想像できない。

果てしない、どこまで行っても何にもたどり着けない広大な北の大地の町。

この広い町はオホーツク海に接していたはずだ。流氷が浮かぶ海は、「春海さくら」という名前とはもっとも遠い気がした。

いや、だからこそ、その名前をつけたのだろうか。

この何もない土地で、春海さくらこと佐藤真樹は幼いころから男を知り、高校生のころから身体を売って対価を得ていたのだ――そう思うと、この町に積もる白い雪の下には、得体の知れない恐ろしい生き物が潜んでいるような気がした。

身体を売る少女など、幼いながらも自分の女の価値を知る者など、東京育ちのアミの周りにはたくさんいて、珍しくもなかった。

けれど、こんな何もない、人の姿も見えない雪に埋もれた土地で、制服姿の少女が身体を売るなんて——それはあまりにも重い罪のような気がする。

欲望の塊、女そのものである春海さくらの過剰なエネルギーと欲望は、男たちの手によって掬《すく》い取られた。そうしてさくらは、人が多く、欲望が吹き溜まる東京へやってきたのだ。

「女」という欲望のために。

女だからこそ得られる全ての快楽を享受するために——。

終　章　さくら

北海道での取材を終え、中標津空港から飛び立った飛行機が羽田空港に到着した。

ふたりで荷物を受け取り、都心に戻ろうと京急線に乗り込む。なんとか座席に並んで腰を掛けた。寒い場所に長時間いた疲れが、今ごろどっと押し寄せた。

「お疲れ様です、桜川さん」

「もう一応、これで取材は終わりか。どうまとめるか……難しいな」

「桜川さんなら、できますよ」

アミは時計を見た。夕方から新宿で打ち合わせがあるが、まだ時間に余裕がある。

メールチェックなのか、詩子はスマートフォンを手にしていた。

「え、何、これ」

「どうしたんですか？」

詩子が甲高い声をあげたので、アミは身を乗り出す。

「……ニュースになってる。春海さくら、獄中結婚したって」

「え？」

アミも鞄の中からスマートフォンを取り出した。

「相手は六十代の独身男性。妻を亡くした不動産業経営者で、以前から春海さくらの支援をしていたって……でも、昨日、お母さんは何も言ってなかったよね。家族には内緒なのかな」

「なんで！」

思わず大声を出したアミに、周りの視線が集まった。

アミは慌てて口を押さえる。ここは電車の中だ。声をひそめなければ。

「アミさん、声大き過ぎ」

「だって、結婚って、確定してないとはいえ死刑の求刑が出てるんですよ、この人。嘘、なんで、結婚って」

アミは自分でも奇妙なぐらい、動揺していた。

なんで、なんでと言葉を繰り返してしまう。私をふった男を殺した女がのうのうと結婚するなんて――。

「そこまで驚かなくても……だって、こういう女好きな男はたくさんいるし、犯罪者好きな男もいるし、獄中結婚って、別に珍しいことでもないじゃない」

詩子はたいして動揺していない様子だ。

確かに詩子の言うとおりだけど――。

「複数の男にかしずかれ、金を貢がれ、結婚して――女が欲しがるものを全て手に入れたのね、この人。何よりも、世間に注目されて、みんなが自分の名前を知って、憎悪に見せかけた羨望をされて嫉妬されて、たまらないでしょうね」

「嫉妬されたいんでしょうか」

「するよりも、されたほうがいいよ、嫉妬は」

そう言うと、桜川詩子はニヤニヤしてスマートフォンを鞄にしまい込んだ。

あなたもそうなの――アミは詩子に問いかけたい気持ちを、抑えた。

あなたたちは、所詮、美貌なんて面の皮一枚で、「美人」だなんて自己演出のたまものに過ぎないと私たちを馬鹿にしているのでしょ。自分には、美醜を超えた力があると思っているのですか――と、聞きたくなった。

「桜川さん、行きの飛行機の中での話ですけど……私が春海さくらに関心を持つのは、嫉妬かもしれないけど、それだけじゃないんです。彼女の存在は、私のような女がすがって信じているものを揺るがせるんです」

「それは、わかる」

桜川詩子は頷いた。

「私、主に恋愛やセックスや美容の記事を書いてるじゃないですか。こうしたら幸せになれるとか、こうしたら男の人にモテるとか……書いててね、そんなわけないじゃんとか、人それぞれなんだから男ってこうだからとか、女ってこうだからなんて決めつけは馬鹿馬鹿しいと思うこともあるんです。でも、仕事だし、そういう記事がウケるし、自分に要求されているものはそのジャンルしかないからやってる。でも……春海さくらの存在って、そういうものを全てなぎ倒すんです」

そうなのだ。

女たちは男に好かれるために、同性に嫌われないように、身の回りに気を使い、言動に気をつけて、慎重に生きている。そのほうが、生きやすいし、仕事ももらえるからだ。

たいして仲がよくないのに、「女子会」ごっこをする同業者も多い。つるんだほうが、情報も得られるし伝手ができて仕事が増えるから、異性以上に同性とも仲よくしなければいけない。

不景気で仕事も減っている。頼れる男もいない。若さだって失われつつある。

毎日が不安で仕方がないけれど、それでも世の中から見捨てられないようにと、東京という街に必死にしがみついて生きている。

東京で生きていくために、頑張っている。

その必死さを嘲笑う存在なのだ、春海さくらは。

世の中で言われている「女子力」などと、まったく正反対ではないか。あの膨れ上がった節操のない身体、もっさりして多い髪の毛、冷たい目、センスのない少女趣味の服装。それでも春海さくらは、男から、この東京からたっぷりと恩恵を受けて、働かずに貴族のような生活をして、挙げ句の果てには結婚もした。

女が女を悪く言うと、男たちはすぐに「嫉妬」と言うが、そんな単純な話じゃないのだ。

春海さくらの存在は、女として必死に戦って生きてきた自分たちの存在を揺るがし、信じているものをなぎ倒す。

人々がさくらに関心を持つのは嫉妬よりも恐怖心からだ。

「ねぇ、桜川さん」

「何？」

　桜川詩子はまたニヤニヤとした笑みを浮かべていた。どうしてこの女は、そんなに嬉しそうにしているのだろうとアミは不愉快さが込み上げてくるのを感じていた。春海さくらの結婚のニュースで、私が動揺するのを喜んでいるのか。

「なんで、桜川さんはそのペンネームにしたんですか。春海さくら――本名・佐藤真樹だけじゃない、最初に会った由布子さんの派遣会社も「サクラプロモーション」でした。さくらって名前をつける人って、多いですよね。もともとの名前ではなくて、自ら『さくら』と名乗る人。少し前に話題になった、亡くなった関西の大物歌手の後妻が、複数の男性と結婚していたり顔や名前を変えてたりといろいろ過去を暴かれたことがありましたけど、あの人も本名ではない『さくら』という名前をつけていた。桜川さんが受賞した新人賞に名を冠された有名な作家の自殺した最後の愛人も『さくら』でしたね。

　私も――飼い犬の名前が『チェリー』ですけど、それは桜、チェリーブロッサムから取ったんです……なんとなく、可愛いからなんですが。どうして桜川さんは、桜ってつけたんですか。本名とは全然違いますよね」

　桜川詩子は少し首をかしげて何か考えているようだった。

「言われてみれば……みんな、桜ね。私もアミさんも含めて……華やかで、儚くて、みんなに好かれて、『理想の女』って感じがする。私は単純に桜の花が好きだからそうつけたんだけど、その裏には女っぽいものへの羨望があったかもしれない。自分が女としての劣等感が強いから、その反動で、私は女だって言いたかったのかも」

「私は女だ――ですか」

「ピンクって、女の人の色じゃない？　とりあえずピンク色の何か身に着けてれば女っぽい。あのね、私、昔は絶対にピンクとか赤とかの服は着なかったの。自分には似合わない、女っぽいものを身に纏うのが嫌だったの。化粧だってしなかったし、メンズ物とか着てた。女として自分は駄目だから、女として自信がないから、そこで努力するんじゃなくて、放棄しようとしてたのよね。モテなかったけど、モテたいんじゃなくて、自分は男に興味ないから好かれたくもないんだって、言い訳つくってるみたいで」

そう言うと、詩子は楽しげにくすくすと声に出して笑いだした。

アミはその笑い方に自分の胸に黒い虫が這いまわっているような不快感を感じた。

「捻《ね》じれきってるわよね、私。誰よりも女だし、誰よりも男が好きで男に好かれたいのに――それが捻じれまくって、そうなってしまった。自意識過剰で、どうしようもなかった。本当に劣等感の塊だったの。大学で東京に出てきたら、綺麗でおしゃれな女の人ばかりで、自分は田舎者で何も知らないし、頭もよくないし、お金もない。何よりも太っていて不細工で性格もひねくれているからって……その歪んだ自意識過剰と捻じれで、その後の人生が狂ったの」

悲愴な話のはずなのに、詩子の口調は明るく楽しげだ。またいつもの不幸自慢か。

「狂ったっていうのは――」

「そう、いつも話している、二十二歳上の男に金を払って処女を喪失して、貢ぎまくってサラ金に手を出したりね。そのあともロクでもない男とばかり関わってた。私の二十代、三十代は最低だった。女として底辺すぎた」

けれど、あなたは今、その「最低の人生」を見事に利用しているではないか。

人を惹きつけるネタにしてもいるし、それに、今は、明らかに「最低」でも「底辺」でもない。

変わった人生や不幸話は、この世界で生きていくにはメリットだ。人に注目され、いや、それ以上に作家としてのネタにもなる。

だからあなたは小説家になり、自分の不幸をさらけ出したのでしょ。ちっとも今は、不幸じゃないくせに。過去の不幸を笑っている。明らかに楽しんでいる。

それなりに男と付き合ってもきただろうし、結婚だってしてるくせに。

もしもあなたが「普通」の容姿で、「普通」の人生を送っていたのならば、デビューしたあとで注目もされなかっただろう。たとえそれが悪口を伴っていても――。

そう言いたい気持ちをアミは抑える。

あなたは本当は、とてもしたたかだ。

「女流官能作家」と呼ばれるのが嫌だ、違和感があると言いながら、時と場合によっては、それを上手に使い分けて十分に利用しているではないか。

媒体によっては自ら「官能作家」と名乗り、性体験を露悪的に語っているではないか。人に注目され、いや、それ以上に作家としての「ネタ」にもなるから。

あなたは知っているはずだ。

たとえあなたが美しくなくても、あなたの作為的な自己演出に欲情する男もいることを。

美人じゃないから本当は顔を出すべきじゃないと言いながらも、自分がマシに見える角度を選んだ写真をプロフィールに使ったりもしているじゃないか。

本当の自分を醜い、さらしてはいけないと思うのなら、絶対に顔なんか出さないはずだ。

美しかろうが醜かろうが、容姿で何か言われたくないなら、表に顔を出さなければいいのは、あなたが一番よく知っているだろう。

あなたはわかっていて、都合よく、使い分けている。

美貌だけが女の武器ではないと知っている。

時には、美しくないゆえに相手を安心させるすべを巧みに使っているではないか。

あなたは誰よりも「女」を使う、「女」そのものだ。あなたほど「女」を利用している人はいない。

そう見えないけれど、あなたはズルくてしたたかで――大嘘吐きだ。私なんかとは比べものにならないほど、上手にこの世界で生きている。

「ところで桜川さん、今まで春海さくらに関わりのある女性たちを取材してきましたが、どう思いましたか」

アミは冷静さを取り戻そうと、ノートを取り出して仕事の話をしはじめる。

「まずは、最初に会った派遣会社社長の島村由布子さんか。なんかあの人、綺麗で仕事できるんだろうけど、しんどそうよね」

「どういう意味ですか」

「『無理せず頑張ってる私』ってのが、不自然に漂ってる。なんだろうな、男社会の中で一線で仕事をしようとするキツさみたいなものが見えちゃったな。男に負けまいと男社会と戦っているうちはまだよくて、あの人みたいに戦うことを諦めてるほうがしんどいんじゃないかって思った。でも、あれ、わかるのよね。どれだけ戦ったって男社会なんだから、そこでどう生きていくかってずっと模索しなきゃいけない……女はしんどいよ」

「辛辣ですね。次の、春海さくらの同級生の佳田さんて人は？」

「よく見れば整形っぽい顔してるし、ありがちな痛い人かな。でも普通の人よね。高坂さんて、春海さくらに殺された男性のお姉さんは、ただただ憐れだったけれど……パサパサしてたよね、全てが」

アミは内心、詩子の言葉がどこか高みの見物をしているかのように思えていた。事件の関係者に対しても冷たい、上からのものの言いようが気に障る。他人事、なのだ。この人にとっては。

アミ自身は島村由布子が男社会でひとりで気負っている姿も、佳田里美の過剰な自意識ゆえの苦しみも、高坂愛里香の〝老い〟も他人事とは思えず聞いていて胸が苦しかった。

あの女たちは、私なのだ――ずっとそう考えていた。彼女たちは、それぞれが必死に生きている。

春海さくらという女のことは、どうしても理解できないし、共感も不可能だ。けれどあの女たちは、自分とそう遠い存在とは思えない。

女であるがゆえの苦しみが話を聞くごとに迫ってきた。

しかし、桜川詩子はどこか彼女たちを上から眺めてその苦しみをニヤニヤ笑っている――そう感じた。以前から気になっていた。桜川詩子はメディアやイベントに顔を出すときは愛想よく、優しげに振る舞う。関西人ならではのユーモアも発揮する。しかし、こうしてふたりきりになると、毒気が強く冷たさが伝わってくる。他の女に対して厳しいのは、きっと自分以外の女のことが嫌いなのだろう。

「春海さくらの母親は嫌だったな。よくいる少し過干渉気味の女だけど、自分の母親がこんな女だったら息苦しいと思った。けど、もともとは違ったのかもしれない。娘があんなことになったから、ああなったのかなとも思った」

「ですね」

春海さくらの母親については、アミは詩子と同意見だった。

「結局、どうして春海さくらは男の人たちを殺したのかしら」

詩子がアミに問いかけた。

「そうなんです。いろんな人にこうして話を聞いてみたけれど、動機がはっきりしない。もともとそういう暴力的な癖があったわけでもないし……」

「男から金を詐取しても、そこで殺す必要はないはずよね。まあ、本人は否認しているから、決めつけることはできないんだけど」

「春海さくらの支援者の中には、男たちはみんな自殺だって言ってる人もいるみたいです」

「自殺ねぇ……確かに練炭で死んだ人たちばかりで……血は流してないのよね」

アミは頷く。

「桜川さんは、どう思います？　もしも春海さくらが男たちを殺しているとしたら、その理由は——小説家なら、どう描きますか、その動機を」

「死にたかったんじゃないの？」

「は？」

「死にたい男たちが、春海さくらに惹きつけられたんじゃないかって」

「それって、どういう」

「愛情深い女なのよ、きっと。だから男たちの望みを全てかなえていた。セックスも含めて包容力があったんでしょう。それで最終的な願いをかなえてあげた——なんて、小説に書くとしたら弱い動機ね。あの母親だって、それを匂わせていたじゃない。父親が死んだのは娘に殺されたんじゃないかって。女神じゃなくて、死神だわ。いえ、やっぱり黄泉醜女よ。男を喰うために追うあさましい鬼女」

黄泉醜女——そのとき、アミは春海さくらの母親が、自分の娘が夫の死と関わっているのではないかという疑惑を持っているのを思い出した。

「桜川さんは、男を殺したいと思ったこと、ありますか」

「あるよ」

詩子は今さら何をと言わんばかりに、即答した。

「私を苦しめた男も貶めた男も馬鹿にした男も、誰ひとり忘れていない。私、すごく粘着質で執念深いもの。殺したいよ。アミさんは？」

「ないです」

本音だった。不倫関係だった編プロ社長を恨んだし、昔の男の中には思い出すだけで腹立たしい男もいたが、殺したいなんて、思わない。それに恨んだり憎んだりそんなネガティブな気持ちを抱き続けるのはつらいから、忘れようと心掛けてきたし、実際にできたつもりだ。自分は時にはスピリチュアルなものに頼りながらも、前向きに生きてきたのだ。私は私なりにプライドを持って生きてきた。「カッコいい、いい女」でありたいのだ。そう人に見られたい。

人を殺したいなんて、思わない。恨んでも憎んでもいけない――そう信じて生きているつもりだ。

「でも、私に男を殺す勇気がもしあっても、春海さくらみたいな殺し方はしないな。だってあれ、苦しまずに血を流さずに殺してるでしょ。私なら、爪を剝いで歯を抜いて、男性器を切りとって十分に痛みを与えて苦しめて、最後はその男の身体を切り裂いて血を浴びたい。なるべく派手に血を見たいな。そうしたほうが殺した実感を味わえるじゃない」

楽しげにそう語る不器量な詩子の口元に、アミは嫌な気分が込み上げてくる。悪趣味にもほどがある。

「桜川さんは、男が好きなんですか？　嫌いなんですか？　たまにわからないんです」

「好きよ、大好き。女よりも男のほうが好き」

「でも、殺したいって」

「好きだから、殺したいの。どうでもいい存在なら、そんなこと思わない。だから、春海さくらもそうなのよね、男が好きなのよ——でも、実際、私は実行に移せない。今まで何度も殺意を男に抱いたことはあっても、できない。春海さくらにそれができたのは、男を愛してないからよ、自分を愛するために男を利用している、だから絶対に男に惚れないし、何をしても苦しまなくてすむ」

　男が好きだけど、男を愛さない、自分を愛するために必要としているだけ——詩子の言葉には、説得力があった。

「でも、そんな女はいっぱいいる——東京にはたくさん人がいて、人の数だけ欲望がとぐろを巻いて吹き溜まってる。欲望のほとんどは遂げられることなく澱《おり》となって沈殿し、足元にからみついて腐臭を発し、人に取り憑き汚してく。そうして気がつけば人は死にたくなっている。心が腐り、疲れ切ってしまえば生きているのがつらくなるから望むのは死だけよ。

　東京には夢がある。けれど夢なんて見るのは不幸だわ。だってほとんどの人間の夢なんてかなえられないんだもの。けれど東京という人と物が過剰に存在する街に住んでいると、自分もあの華やかな世界の特別な人間になれるのではないかと夢を見てしまえるから、残酷よ。そうして夢や希望や欲望は人間を侵して病ませてしまう。そうなると平等にかなうのは死だけ――。東京にはそんな人間があちこちにいて、けれど自分が死にたがっていることに気づいていない人がとても多い」

桜川詩子は、まるでその「死にたがっている人」たちが苦しんでいるのを楽しんで眺めているよう、アミには思えた。

そして自分のような、春海さくらにこだわる女を。

いや、自分だけじゃない、春海さくらの存在に自己を揺るがされた全ての女を、だ。

品川駅まで、あとどれぐらいかかるのだろう。いやに時間が長く感じられる。

アミは早くこの女と別れて、ひとりになりたかった。

「春海さくらの存在は痛快だわ。あなたを含めて、男も女も大騒ぎして、その様子を眺めているのが、私とても楽しいの」

「意地が悪いですね、桜川さん」

思わず、冗談のふりをしてアミは本音を口にした。顔だけじゃなく、心も醜いと言ってやりたかった。人の不幸がどれだけ好きなのだ、この女は。

「ねぇ……アミさん」

「はい」

「私、あちこちに書いてるけど、最初の男に貢いで、次の男にもひどいことをされて、でも自分は女として価値がないからってそれを受け入れるどころか、すがってたけど——あるとき死にたくて死にたくて繁華街をさまよっていると、声をかけられた。年配の、品のある男性だった。ご飯を食べないかと誘われてついていったの。お腹減ってたのよ、サラ金背負ってたし、お金がなかったから。その人にホテルに誘われてついていったけど、もうどうでもよかったの。だって、死ぬつもりだったから。

　あのころは、私、毎日死にたかったの。自分を苦しめた男たちを殺して、自分も死にたかった。男たちにぞんざいに扱われる私を、殺したかった。これから先、生きてたって楽しいことなんかないだろうから。私、本当に二十代のとき、最悪だったのよ。男に罵倒されてサラ金に追われて……あなたたちには、わからないだろうけど、普通の女が当たり前に享受する楽しみを何ひとつ味わってなかった」

　詩子は普段より饒舌だ。

　その表情は笑っているが——興奮しているのもわかる。

電車の中でなんて話をするのだろうと思うが、幸い、隣に座る老人はすやすや寝ている。

「話を戻すわね。その男とセックスしたら、お金をくれたの。三万円、大金よ。アルバイトでそれだけ稼ごうとしたら、どんなにかかるか。私は驚いたの、まさか自分が金をもらう価値があると思わなかったから。男に聞かれるがままに、私は身の上話をしたんだけど、そうしたら、君は純粋過ぎるんだ、いい子だ、可哀想だって同情してくれて——それから、その男の紹介で、たくさんの男とセックスしてお金をもらった。こんな私でも欲情してくれる男がいるのだというのが驚きだし、お金をもらう以上の喜びだった。不幸が売り物になるのもそのとき知った。

あなたたちは若いころ、当たり前に男の人にご飯をおごってもらってたでしょ。それだけの価値があるのだというのを信じて疑わずに。でも、私は違った。抱かれるのにお金を払ってたぐらいだもの。狂ってたんだろうけどね。今、思うと。そして今度は、自分がセックスでお金をもらうようになって、わかったの。世の中には欠損を愛して欲情する男がたくさんいるんだって。私はある種の男たちにとって、愛すべき欠損だった。私の容姿以上に、私の劣等感が。欠損を愛する男もまた欠損を抱えているけれど、私はそんな男たちに興味を持った。私はそれまでの自己評価の低い自分と、男たちへの復讐のように、たくさんの男とセックスした——私は勝ったのよ、それで。あなたのように、たくさん人より優れたものを持っているくせに、自己愛が強過ぎてからまわりしている女にも、私のような女を見下しながらも射精に導かれる男たちにも――ね。

それは幸福な生活を送る人たちから見たら、虚しく醜く悲しい悦びかもしれないけど、いいの。そういう連中の知らない世界を、私は知っているから。あなたたちのように薄っぺらい愛とか恋とか夢見てる暇で幸せな連中よりも、私は幸せ。愛も恋も知らなくても、それ以上のものを見てきたから――地獄を。私の生き方はあなたたちから見れば醜悪であさましい餓鬼のようでしょうけど、正直に生きているぶん、私は純粋なのよ。私は男が好きで、男を手に入れた。それだけじゃない。小説家にもなれた。過去をさんざんネタにしてね」

桜川詩子は、まるで歌うように言った。

「ちなみに、そのとき私が名乗っていた名前が『さくら』。ペンネームの由来は、それよ。男とセックスして求められて生まれ変わった『さくら』」

アミは詩子の話を聞きながら、自分がこの女を実は嫌いなことに気づく。

そしてこの女も、自分を嫌っているのだと。いや、憎しみすら抱かれているのだ。

この女は春海さくらを通じて、自分を、他の女を苦しめようとしている。

だから春海さくらの結婚の報が、楽しくてたまらないのだ。

「桜川さん、もう、今は、死にたいとは思わないんですか」

アミはゆっくりとそう口にした。

「思わないよ。今は、わかったから。自分は不幸な人間でも、女として最底辺でもないってね。死にたいとは思わないけど、死にたがってる人はわかるようになった。アミさん――あなたとかね。あなた、本当に生きているのがつらそうで、可哀想。でもあなたのような人は、きっと結婚しても子どもができても常に不満を持つんでしょうね。自分が何をしたいか、何を望んでいるのかよりも、人からどう見られるか、どう思われるかにとらわれてる人はね」

詩子は、耐えきれなくなったと言わんばかりに声をたてて笑いだして、周りの何人かの乗客の視線が刺さる。それすらも気にせずに、詩子は笑い続ける。

「桜川さん――それって嫉妬ですか？」

「違う。女であることの恩恵を当たり前に享受してきた幸福な女が嫌いなだけ。だって私は、若いころ、そういう生き方ができなかったんだもん。だからね、そういう女たちが年をとって足掻いてあたふたしている様子を見ると、嬉しいの」

「そういうのって――」

「醜くてあさましいでしょ。でも、私みたいな女はたくさんいる。みんな、口に出さないだけでね。私だって、そうよ。普段はこんなこと、言わない」

アミは、目の前の女と出会ったことを後悔していた。

「あれ――」

声を出したのは、斜め前に座る会社員風の男だ。

急に電車が音をたてて止まった。停車駅に着いたわけでもないのに。

――お客様にはご迷惑をおかけします。ただ今、前を走る電車の人身事故の影響により――。

「やだ、人身事故って、嘘」

アミが思わずそう口にする。

「自殺か――よくあることよね」

詩子はふてぶてしいまでに平然としていた。

「勤めてるときなんか、しょっちゅうだったもん。世の中、これだけ死にたい人間がいるんだなって思ったわ」

「困る、そんなの」

アミは動揺を抑えきれずにいた。

「これから新宿で打ち合わせがあるのに」

「焦ったって仕方ないわよ。先方にメールすれば？　今しがた起こった事故なら、すぐには電車は動かないわよ。度合にもよるでしょうけど。本当に飛び込んだ人が亡くなってたら、

しい。

がなあって飛び込んだのか知らないけれど、人に迷惑をかけるような死に方なんてしないで欲しい。


それなりに処置に時間かかるだろうし」

「でも、困るんです、私。やだ」

なんでこんなに自分は焦っているのだろうか。桜川詩子の言うとおり、焦っても仕方がないではないか。どうすることもできないのだ、待つしかない。それにしても迷惑な話だ。何があって飛び込んだのか知らないけれど、人に迷惑をかけるような死に方なんてしないで欲しい。


どうしてそんなに死にたいのか。

私は死にたくない。

桜川詩子は私のことを死にたがっていると言ったけど、なんでそんなことがわかるのだ。

私は死にたくない、いつだって前向きに一生懸命生きてきた。綺麗になって、マスコミの仕事をして、恋もセックスもして、ひととおり楽しい遊びも経験して、欲しいものを手に入れてきた。カッコよく、いい女だって人に見られるように、プライドを持って生きてきた。

これからもそうだ、死にたくなんかない――たぶん、きっと、ううん、わからない。だってこんなにも私は今、不安だ。この不安が膨れ上がってくると、死にたくなるかもしれない。

そんな予感がする。どうしてだろう、年をとればとるほどに、私は弱くなる、寂しくなる。

年々、不安になる、それまで信じていたものに寄りかかれなくなる、どうして。

そしてなんで、この隣にいる醜い女は楽しそうにしているのだろう。

私が今、こんなにも動揺しているのは、本当は打ち合わせに遅れるからではない、この大嫌いな女の隣にいつまでいなければいけないのか、それが私の落ち着きをなくしている。冷静にならなければと心の中で唱える。こんな女に心を搔き回されて私が私でなくなってしまうなんて、いけない、と。

何事もないような日常会話でビジネスライクを装わなければ――それなのに、アミの口から出てきた言葉は、自分でも思いがけぬものだった。

「桜川さん」

「何？」

「桜川さん、自分の初体験を捧げ、サラ金に借金をするきっかけになった二十二歳上の男――その男が、今、何しているかわからないって言ってましたよね。このお話を持ち掛けたとき、ふたりで豊島区役所の屋上庭園で、池袋の街を見下ろしたときに」

「うん。それがどうしたの」

「その男、死んでますよね」

以前から、気になっていたことを言葉にしてしまった。

桜川詩子は何か考えているような表情を見せる。言葉を選んでいるのだろうか、それとも嘘を考えているのだろうか。

この女は嘘を平気で吐ける。小説家だから、嘘を自分のものにできる。

アミは言葉を続ける。

「その男だけじゃない。以前、よく書かれてた二番目のサディストの男も亡くなってますよね。最初の男は首吊りで、その次の男は電車に飛び込んでる。どちらも自殺とされています。桜川さん——あなたはもちろん、そのことをご存じですよね」

「なんでアミさんが、知ってるの？」

桜川詩子は平然と、問いかける。

「私、あなたが結婚する前に付き合ってた人、知ってるんです。既婚者で、映像関係で、著書もある人ですよね。あなたと仕事をするにあたって、私なりにいろいろ調べたんですよ。チャラチャラした記事ばかり書いてるように思ってるかもしれないけど、裏を取るってこともするんです。あなたは赤裸々に語っているように見せかけて、自分に都合が悪いことは何ひとつ言ってないんじゃないかって」

「みんなそうでしょ、アミさん、あなたも」

「そうです。だからそれ自体を悪いとは思いませんけど、その人とは別れてからも会っていましたよね」

「いろいろ世話になってたから。今はもう縁はないけど」

詩子の表情は変わらない。動揺も感じられない。

「その人から聞きました。あなたを過去に苦しめた男たちはもう亡くなっているのだと。もともと鬱気質だったから……ということになってるそうですけど、あなたが小説家としてデビューしてから、立て続けにタイミングよく自殺するものでしょうか？」

「アミさん、もしかして、彼とセックスした？　私の昔の不倫相手と」

桜川詩子の言葉に、アミは返事をしない。

「あの男は、セックスした女には何でもしゃべるからね。手も早いし……。しかも、あなたみたいに、平凡なくせにいろんなものを手に入れたがってる心に穴が開いた女が大好物なのよね」

もうアミは否定する気もなかった。その男は「話を聞きたい」と言うと、ホテルの高級レストランを指定してきて、そのまま部屋へとお決まりのコースをたどった。

なんであのとき、簡単に誘われるがままに寝てしまったのか、今でもよくわからない。

ただ、結婚しようとした男を春海さくらに奪われてから、自分は明らかに「安い女」になった。男に求められるだけで嬉しくて、簡単に身体を許すようになったのだ。

三十代半ばを過ぎ、かつては当たり前に男たちに称賛された自分の商品価値が下がっている――それに気づいたときから、たやすく男と寝るようになってしまった。

ほとんど長続きすることはなく、その男とも、一度きりで連絡はない。

そんなセックスを一度たりとも気持ちいいと思ったことはないし、寝たあとでひどく後悔して心が受けつけず吐くこともあるのに――どうしてもやめられない。

自分とセックスした男たちが、「あいつ簡単にヤれるぜ」と吹聴しているのも耳に入っていて、その噂を聞いた男が、また自分に近寄ってきて寝て――その繰り返しだ。

セックスがしたくてたまらないから男に身体を許しているのではない。

寂しくて、不安だから、求められるのに応えずにいられないだけだ。

「桜川さん、あなたは自分が小説家として生きていくために――いいえ、過去の厄介ごとがこれからのあなたの邪魔をしないように――自分にとって都合の悪いことを闇に葬るためにに
――所詮、あなたの語る過去の不幸話は、人から同情を得たり、注目を浴びるために語られる一方的なものだから――」

アミはそこまで口にして黙り込む。

「男を殺したのかって？」

続きは、間を置くことなく詩子が口にした。

――ご迷惑をかけております――。

車内アナウンスが鳴り響く。

まだ動く様子はないのか、ああ、早く、私をここから逃して欲しいのに。

どうして車内にいる人間たちは詩子をはじめ、こんなに平静にしていられるのだろう。わかっている。みんな、都会の人間は慣れているからだ。当たり前にこうして人が自分の命を絶つことを。自殺に慣れている世界なんて異常だ。けれど誰もその異常さに気づいていない。

「さっきもそんな話したけど、私に殺す勇気なんかないわよ。殺したいって思ったことは何度もあるけどね。私にそんなことできるわけないじゃない。でも、昔の私を苦しめた男たちが死んだのを知ったとき、ざまあみろって思ったけどね。ねぇ、あなたとヤった男、私のこと他に何か言ってなかった？」

「――俺は別れてよかった。殺される前に、って」

「そう……。相変わらず口が悪い」

――あいつは男ができて結婚したいからって俺と別れたんだけど、別れるときに嫁にバラすぞと俺を脅して金を請求しやがったんだ。手切れ金よこせって。あいつ、自分で言ってたぞ。「私は自分の欲望のためには、人を傷つけるのなんて平気だ」って――男にはそんな話もされたのだが、アミは口にしなかった。

桜川詩子とこれ以上、深い関わりを持たないほうがいいと強い警戒心が働いている。

「春海さくらは死にたい男の命を絶ってあげただけよ。それが彼女にとって都合のいい行為ではあってもね。だから罪悪感なんてないし。人を殺して踏みにじって、自分はとことん生きる気でいるわよ、あの女は――」

電車はまだ動く様子がない。

アミの脳裏に、ホームからゆらりと走る列車に飛び込んで轢かれ、腕や足がばらばらになって叫ぶように血を散らし、周りに飛んでいく光景が浮かぶ。頭も割れて、肉体が砕け、人の身体が壊れるその光景が。

簡単に死ねるのだ、人間なんて。

その人がどんな立派な人生を送っていようが、死ぬのは一瞬だ。

そうして身体が木っ端みじんに砕け散れば、全てが終わる。

「春海さくらみたいな女は、世の中にたくさんいる。たまたま彼女のしでかしたことが発覚しただけで騒がれてしまったけど、あんな女はいっぱいいて珍しくもないわ。世の中で事故死や自殺と言われているものの何割かは殺人、もしくは自殺教唆よ」

もう桜川詩子の言葉から耳を塞ぎたかった。

けれど隣にいるから、逃れられない。

「ねぇ、アミさん。あなたも死にたいんでしょ？　殺してあげようか？　駅のホームでポンと背中を押したら、きっと春海さくらの父親みたいに死ねるわよ。人身事故や自殺なんて東京では日常の風景みたいなものだから。誰も気にしないわ。自分で死ぬ勇気がないならいつでも殺してあげる」

冗談にしてはタチが悪い。しかも電車が人身事故で止まっているときに、どうして桜川詩子はそんなことを言うのだろうか。

世の中には知らないままで、目を背けたままでいたほうが幸せなことが、たくさんある。それなのに、なぜ私は春海さくらに興味を持ち、この桜川詩子に近づいてしまったのだろう。

「なんてね――冗談だからね！　アミさん、私が人を殺せるわけないじゃない、ねぇ。そんな馬鹿な戯言《ざれごと》、信じないでよ。殺したい人間はたくさんいるけど、実行に移す勇気なんてない小心者なのよ、私は。憎たらしい、この世から消えてしまえと思っている人間たちを、手にかける勇気がないから小説なんて書いてる小心者なんだから。アミさん、つらいことは多いと思うけど、頑張って生きてね。せめてこの本を出版するまでは倒れたり病んだりしないでね。私が小説家として認められるための大事な本なんだから。私のために頑張ってよ。あなたが持ち掛けてきた話なんだからね」

桜川詩子の声がアミの耳にへばりついている。この女は、こんなべっとりとした声を出す女だったのだろうか。媚びた声を。誰に媚びているのか、私にか、違う、この世界にだ。媚びて嘘を吐いて人を騙して生きているこの女は――誰よりも、女だ。

「私みたいな女の言葉を本気にしないでよ。小説家なんて嘘吐きを商売にしているようなものなんだから。アミさん、私の本を売り込まなきゃいけないんだから、逃げないでね。逃げたら許さない。追っていくから。どこまでも」

電車はまだ動く様子がない。今ごろ、自ら命を絶った死体が処理されているのだろうか。その死体に、自らの姿を重ねた。

アミはもう何も口にする力を失い、無言になった。詩子がまるでお経を読むように淡々としゃべり続けている。

早く、動いてくれ。一生、この女とここに閉じ込められるのではないかという不安に襲われ、さきほどから汗が流れている。

「アミさん、大丈夫？　顔色悪いわよ。あなたやっぱり普段からもっと食べないとダメよ」

そう言って、詩子がアミの手をふいに握った。

肉付きはいいけれどひんやりと体温のない手にふれられ、黄泉醜女に捕まったようだとアミは思った。振りほどきたいのに、その力がない。

詩子はもっとあか抜けない、地味な女だったはずだ。けれど、どうだ。この女はこれまで描いてきた小説の登場人物の女のように艶を帯び、瞳には欲望の火を灯している。唇は血を吸ったかのように赤く光り、全身には女の湿ったぬめりを纏わりつかせている。

隣にいる女は本当に小説家の桜川詩子なのだろうか？

どうしても、知らない女のように思えて不安でならない。

「そうだ。この本の中にアミさんを登場させようかな。あなたみたいな女、東京にはたくさんいるから共感されるんじゃない？　幸せになりたいと叫びながら幸せを恐がって逃げてる、可哀想な女。年とるのが恐くて死にたがってる女。小説の中で望みをかなえて――殺してあげようか？」

いや、いやよ――私はあんたに書かれたくはない、まだ死にたくない。

アミは気づいた。

自分の隣にいる黄泉醜女は男だけでなく、女も喰らうのだと。

早く、早く、動いてくれ。

ここから逃れたい、助けて、お願いだから、助けて。

アミの鼓動が激しくなる。汗が止まらない。

喉が詰まったように息ができない。

どれだけ心の中で叫んでも、電車が動く様子はなかった。

黄泉醜女

日本神話に登場する恐ろしい顔をした黄泉の国の鬼女。

イザナギ（伊邪那岐）は、亡くなった妻・イザナミ（伊邪那美）を迎えに黄泉の国に行くが、決して見てはいけないと約束したはずのイザナミの腐敗して蛆にたかられ雷神に取り憑かれた醜い姿を見てしまい、逃げ出してしまう。「あなたは約束を破り、私に恥をかかせた。殺してやる」と怒ったイザナミに命じられた黄泉醜女たちは、一飛びで千里（約四千キロ）を走る足で地上へと続く黄泉平坂へ向かうイザナギを追いかける。

イザナギが蔓草でできた髪飾りを投げつけると、そこから山葡萄の実が生え、黄泉醜女はそれに喰いついたが、食べ終わると再びイザナギを追いかけた。次にイザナギは右の角髪《みずら》から湯津津間櫛《ゆつつまぐし》を取り、その歯を折って投げると、今度はタケノコが生えてきて、黄泉醜女はまたそれに喰いついたが、食べ終わると再びイザナギを追いかける。

ようやく地上近くまでたどり着いたイザナギに黄泉醜女と黄泉国の軍勢が迫ってくるが、イザナギは黄泉平坂のたもとに生えている桃の木から実をもぎ取り投げつける。桃の実には霊力が宿っており、おそれをなした黄泉醜女たちは逃げていった。

解説

鈴木涼美

女の子がお砂糖とスパイスでできている、というのはとても素敵な思考だが、女というのは小さい頃から悪意と自尊心でできている。そしてそんなことを改めて実感するような契機は、女として生きているうちに何度か訪れる。他人の中に目をそらしたくなるような感情を見つけることもあるし、自らの中にそんなものを発見してしまうこともある。男が絡めば絡むほど、その様相は醜く鮮明になる。

就職活動中だった親友が、インターン先の外資系企業の社員らと開いた飲み会で、それまで彼女自身が頼りにしていた男性社員を見事ものにした上に、彼女より先に内定をもらった女をバカにして嘲り笑っていた時の顔は今でもよく覚えている。自分より美しくなく、成績も下の方で、全体的に冴えない女が自分の欲しかった内定や自分のことを気に入っていた男を手にしたところで別に羨《うらや》ましくない、と言わんばかりに軽く笑い、しかし彼女を罵倒する言葉をいくつか吐かなければ気が済まない。そんな顔をしているように見えた。

そんな顔をしているように見えるのは、私の中に彼女と同じような悪意と自尊心があるからだということにも後から気づいた。付き合っている男の浮気相手が自分より田舎者で偏差値が低く太っていて育ちも悪く収入も低いのを知った時に、次々にその女を蔑む言葉が、滑らかに、いくらでも自分の中に湧いてきたこともある。悔しさだとか気持ちの悪さだとか悲しさや理解できなさという自分自身の心に説明をつけるのは難しいのに、相手について呪う言葉は考えるまでもなく溢《あふ》れてくる。

私たちは許しがたい状況に出くわした時、誰かに悪意を向けなくては自尊心が守れないのだ。女同士のマウンティングなんていう流行語が持て囃《はや》されて久しいが、多くの場合に悪意は誰かと自分との差異をヒントに紡がれる。

人と比べても意味はない、なんていう標語をかすかに教わった記憶はある。しかし結局のところ、私が愛せる私というのは他者との差異の中にしかない。男を相手に商売する女たちが、VIPクラス料金とスタンダードクラス料金のたった1時間2000円の差に、見苦しいほどプライドを持っているのは、彼女たちが辛うじて持つ自尊心が全てその2000円に詰まっているからだ。

　首都圏連続不審死事件をモチーフにした花房観音による本書は、美しくない魔性の女として注目を浴びた殺人犯本人ではなく、彼女と何かしらの関わりを持った女たちの美しくない胸の内に焦点を当てている。自分より醜いのに、次々に男たちを手玉にとり、「オンナ」を使って華麗に生きてみせた彼女について語る6人は、それぞれ意地悪で悪意に満ちていて、傲慢で人をバカにする本当に嫌な女たちだ。

　嫌な女たちの嫌な言い草があまりに的確に、女の真実を語っているように思えるのは、彼女たちを構成する悪意が、私自身の中にある悪意と重なるからだろう。そもそも花房観音は、女がお砂糖やスパイスでコーティングしている悪意や自尊心を、執拗なほど正確に浮き彫りにする作家である。表面を取り繕うのが何よりも得意な女たちに、それを許さない。本作でも、そういった細かい描写は全編を通して健在だ。

「世の中の『美人』のほとんどは『美人と見られたい女』です」

「この女の不倫が夫にバレたらいいのに」

「嫉妬しているなんて思われたら嫌だもの」

　頭をよぎったことがある、しかしよぎったことはなかったことにして生きてきたような心の動きを、見透かしてトレースするように綴られた本編は女として読んでいて痛快だが苦しい。花房観音も大概悪意に満ち満ちて嫌な女だ。

物語はしかし、オンナの中にある悪意と自尊心に形を与えるだけでは終わらない。醜い女の生き様を巡って、なぜ私たちがかき乱されるのか、についてより大きなテーマが横たわっている。

連続不審死事件のことはまだ多くの人の記憶に新しいであろう。スポーツ紙などが彼女のドアップの巨体をスキャンダラスに何度も何度も紙面に載せ、どうしてこんな醜い女に男たちが騙されたのか、と執拗に人々の関心を煽った。私たちも素直に煽られ、彼女の容姿について、太った愚鈍な体型について、二重アゴやダンゴ鼻について、女子高生時代の冴えない姿について、度々会話のネタにして、笑ったり不思議がったりしながら、彼女の生き様を想った。

著者である花房はおそらくそんな会話の端々に、女の、複雑であると同時に単純な心のあり方をみとめていたのであろう。彼女について語る時、私たちは「オンナを使う」ことに対する嫌悪や羨望といったアンビバレントな立ち位置をあらわにしていたに違いない。彼女が美しければ、周囲が望むままに自分の「オンナ」が勝手に使われてしまった、自ずと得をしてしまった、と解釈もできようが、美しくない彼女がそれでも「オンナ」で得をしているのは、自ら「オンナ」を積極的に使おうとしているからに違いない。彼女の醜さは、彼女の

「オンナを使う」行為を露骨に目立たせていた。

　それは不思議なことではないのだ。女として生まれた以上、美しかろうが醜かろうが私たちは「オンナを使う」ことに関して自由に開かれている。使わないという選択をする方が不自然でハードルが高いとすら思う。それほどまでに自然な行為であっても、露骨に「オンナを使う」ことに対する周囲の嫌悪は驚くほど強い。「オンナ」であることを隠して、あるいは禁じ手にして、あるいは自ら無視して成功した女に向けられるのは、立派だとか偉いとかいう単純な賞賛であるのに、そこに少しでもオンナならではの立身の影があると、たちまち世間はバカにしたように安心したように鼻で笑う。

　私は「オンナを使う」女に向けられるそういった視線をよく知っている。かつて裸や性行為を見せることでお金を儲けていた頃、それを不道徳だとかはしたないと叱ってくる大人の声はさして気にならなかった。しかし周囲の女たちから向けられる感情はもっと複雑で気味の悪いものだった。侮蔑したいだけでもない、気持ちが悪いだけでもない、羨ましいだけでもない、ずるいだけでもない。おっぱいを見せてお金が稼げるのであれば真面目に働いているのが馬鹿みたい。楽してお金を稼ぐとロクなことにならない。男の払った金で生きるなんてプライドがなさすぎる。そんな言葉の裏に、いくつもの気持ちがべっとり貼り付いている。

　軽蔑というにはあまりに切実な、羨望というにはもっとずっと苦々しいその感情を、花房はまず初めに「嫉妬」という一つのキーワードを使って描こうとする。その「嫉妬」はまさに悪意を向けて自尊心を救おうとする心の動きに違いないのだが、実際にその嫉妬の感情がどういった契機で生まれてどうやって解消されていくのか、嫉妬という言葉自体を解体して説明しようとしてもそれはおそらく挫折せざるを得ない。あの醜い女の生き様に、確かに私たちは「嫉妬」のようなものを持っていたかもしれないが、かといってあの女になりたいか、と問われたら絶対になりたくなんかない。

なりたくないのならば、嫉妬などする意味なんてあるのだろうか、とも思う。自分の行く道の先を歩く女を羨ましいと思うことこそあれ、自分とは無関係で、自分がその道を選びたいとも思わない道にいる女であれば、その人生を面白がったり、尊重したりしていればいい。なのにどうして本作に登場する6人の女たちは、あるいはあの事件の犯人を見て悪意ある言葉を吐いた多くの私たちは、彼女をそっとしておくことができなかったのか。どうして気持ちがかき乱されるのか。

本作を通して繰り返されるその疑問に、花房は終章でいくつかのヒントをくれる。これまで幾度も提示されてきた「嫉妬」という概念について、終章では一度、それが無効化されるのだ。

女が女を悪く言うと、男たちはすぐに「嫉妬」と言うが、そんな単純な話じゃないのだ。春海さくらの存在は、女として必死に戦って生きてきた自分たちの存在を揺るがし、信じているものをなぎ倒す。

オンナを軽々と使う美しくない女の存在で、私たちは自分がどの程度の女かにかかわらず、オンナというのがそれだけで随分とずるいやり方ができるのだということを思い出す。そこで初めて知るわけではない。もちろん、生きてきた過程でそれを目の当たりにする機会はたくさんあった。女子高生の頃、身体や処女や下着を売ってお金がもらえることを知る。女子大生となって繁華街を歩けばスカウトマンが群がってくる。寝て仕事をとる、なんていううまことしやかな噂が飛び交う。美しい女が金持ちに見初められてセレブ妻になっていく。

しかし高度に教育された私たちは、ある時は良識を、ある時は自分の自信のなさを、ある時は育ちの良さを、ある時は培ってきた品位を理由に、そんな事実をなるべく受け入れずに、節制して生きている。ある者は「私は女を使えるほど綺麗じゃないから」と言い訳し、ある者は「私はそういうことは許せない」と断罪し、ある者は「そういった女は自分とは違うから」と顔を背ける。

しかし、荒波のような社会で、ギリギリの息継ぎで生きている折、もう少し楽をして生きる方法があったことを思い出させられると、まるで自分の品位や良識による頑張りがから回りしているような、悪あがきであったかのような気分になる。

これは、オンナを禁じ手として生きてきたオンナだけでなく、あらゆる生き方をしてきた女が感じている息苦しさでもある。みんな自分なりのラインを引いて、ホステスだけど枕営業はしない、グラビアアイドルだけどヌードはやらない、と意固地になって頑張っているのだ。本作で殺人犯として描かれる春海さくらは、そういったラインに縛られない崇高で誰より自由な、だからこそ狂おしいほどずるい存在に思える。

できれば見たくなかった、しかし見てしまえば目をそらせない、そんな存在を目の当たりにして、文字通り「自己をゆるがされ」ながら、女であるのにオンナを自由に使えずにもがきながら、それでも私の方が正しいとどこかで信じて、私たちはまた生きていかなくてはならない。倫理を超えて崇高な春海さくらになれなかった凡人の女の宿命は、そうやって崇高な存在を悪意を持って語りながらギリギリの自尊心が悲鳴をあげる限界で止まっていることだ。一般的な意味でとてもおどろおどろしい結末に、私自身もまた悪意とギリギリの自尊心を抱えてとても重苦しい気分になった。

——作家

この作品はフィクションであり、実在する人物・地名とは一切関係ありません。

この作品は二〇一五年八月扶桑社より刊行された
『黄泉醜女』を改題し、加筆修正したものです。

幻冬舎文庫

●好評既刊
花祀り
花房観音

「男を知らん女なんぞ [illegible]
京都の老舗和菓子屋で修業する桂木美乃。ある夜、主人に連れて行かれた秘密の一軒家で……。京の粋と性を描き切った、第一回団鬼六賞大賞受賞作。

●好評既刊
女の庭
花房観音

恩師の葬式で再会した五人の女。「来年も五山の送り火で逢おう」と約束をする。五人五様の秘密を抱えた女たちは、変わらぬ街で変わらぬ顔をして再会できるのか。女の性と本音を描いた問題作。

●好評既刊
偽りの森
花房観音

京都下鴨。老舗料亭「賀茂の家」の四姉妹には、美しく悲しい秘密がある。不倫する長女、夫の性欲を憎む次女、姉を軽蔑する三女、父親の違う四女。「誰か」の嘘が綻んだ時、四人はただの女になる。

●最新刊
ビューティーキャンプ
林　真理子

苛酷で熾烈。嫉妬に悶え、男に騙され、女に裏切られ。選りすぐりの美女12名から1人が選ばれるまでの運命の2週間を描く。私こそが世界一の美女になってみせる――小説ミス・ユニバース。

●最新刊
啼かない鳥は空に溺れる
唯川　恵

愛人の援助を受けて暮らす千遥は、幼い頃から母の精神的虐待に痛めつけられてきた。早くに父を亡くした亜沙子は、母と助け合って暮らしてきた。二組の母娘の歪んだ関係は、結婚を機に暴走する。

どうしてあんな女《おんな》に私《わたし》が

花房観音《はなぶさかんのん》

平成30年8月5日　初版発行

発行人——石原正康
編集人——袖山満一子
発行所——株式会社幻冬舎
〒151-0051東京都渋谷区千駄ヶ谷4-9-7
電話　03(5411)6222(営業)
03(5411)6211(編集)
振替00120-8-767643
印刷・製本—中央精版印刷株式会社
装丁者——高橋雅之

幻冬舎文庫

ISBN978-4-344-42769-3　C0193　　は-22-4

幻冬舎ホームページアドレス　http://www.gentosha.co.jp/
この本に関するご意見・ご感想をメールでお寄せいただく場合は、
comment@gentosha.co.jpまで。